BARRACUDA
FOR EVER

www.editions-jclattes.fr

Pascal Ruter

BARRACUDA
FOR EVER

Roman

JC Lattès

Maquette de couverture : Raphaëlle Faguer

ISBN : 978-2-7096-5957-4
© 2017, éditions Jean-Claude Lattès / Didier Jeunesse

*Pour Michèle Moreau, sans qui ces pages
ne seraient jamais devenues un roman.
Avec toute ma chaleureuse gratitude.*

1

À l'âge de quatre-vingt-cinq ans, mon grand-père Napoléon décida qu'il lui fallait se renouveler. Il traîna ma grand-mère Joséphine devant les tribunaux. Comme elle n'avait jamais rien su lui refuser, elle se laissa faire.

Ils divorcèrent le premier jour de l'automne.

— Je veux refaire ma vie, avait-il dit au juge chargé de l'affaire.

— C'est votre droit, avait répondu ce dernier.

Nous les avions accompagnés, mes parents et moi, jusqu'au palais de justice. Mon père espérait que Napoléon se dégonflerait au dernier moment, mais je savais bien qu'il se trompait : mon grand-père ne changeait jamais d'avis.

Ma grand-mère Joséphine pleurait sans pouvoir s'arrêter. Je la tenais par le bras et lui distribuais des mouchoirs en papier qui s'imbibaient de larmes en quelques secondes.

Barracuda for ever

— Merci, Léonard chéri, dit-elle. Quel chameau, ce Napoléon, quand même!

Elle se moucha, soupira, et ses lèvres formèrent un sourire très doux, très indulgent.

— Enfin, reprit-elle, si c'est son idée, à ce chameau.

Mon grand-père portait bien son nom. Sur les marches du palais de justice, les mains dans les poches de son pantalon blanc tout neuf, il avait l'allure fière et impériale de celui qui vient de conquérir un royaume. Il promenait sur la rue et les passants un regard satisfait et supérieur.

Je l'admirais. Je me disais que la vie avait ses secrets et que mon grand-père les connaissait tous.

C'était le début de l'automne, l'air était doux et humide. Joséphine frissonna et remonta le col de son manteau.

— On va fêter ça! déclara Napoléon.

Papa et maman n'étaient pas d'accord et Joséphine encore moins, alors on s'est simplement dirigés vers le métro.

— Tu veux pas une glace à la vanille? m'a demandé Napoléon devant le stand d'un marchand de rue.

Il a tendu un billet au jeune vendeur.

— Deux glaces, une pour moi et une pour mon Coco. Avec de la chantilly? Oui. Hein, Coco, de la chantilly?

Barracuda for ever

Il m'adressa un clin d'œil. Je fis oui de la tête. Maman haussa les épaules. Papa regardait droit devant lui, les yeux vides.

— Bien sûr qu'il veut de la chantilly, mon Coco!

Coco… Il m'appelait ainsi depuis toujours. Je ne savais pas pourquoi, mais j'aimais imaginer que dans les salles et sur les rings de boxe qu'il avait fréquentés autrefois, tout le monde s'appelait également Coco.

Rien à voir avec Léonard. Léonard Bonheur. J'avais dix ans, le monde me semblait encore indéchiffrable, mystérieux, un peu hostile, et souvent m'envahissait le sentiment que ma silhouette ne s'imprimait pas sur la rétine des gens que je croisais. Napoléon, rassurant, me disait qu'un boxeur n'a pas besoin d'être baraqué et que la plupart des champions n'ont été grands que par la classe et le talent ; mais moi, je n'étais pas boxeur. J'étais l'homme invisible.

Je m'étais annoncé un soir d'orage ; les ampoules de la salle avaient grillé et mes premiers cris dans ce monde avaient jailli dans le noir. Le petit Bonheur était ainsi arrivé dans les ténèbres et dix années n'avaient pas tout à fait suffi à les dissiper.

— C'est bon, Coco ? m'a demandé Napoléon.
— Délicieux ! ai-je répondu. Merci.

Barracuda for ever

Grand-mère s'était un peu calmée. J'ai croisé son regard pâle, elle m'a souri.

— Régale-toi, m'a-t-elle chuchoté.

Le vendeur tendit la monnaie à Napoléon qui lui demanda :

— Vous avez quel âge ?

— Vingt-trois ans, monsieur. Pourquoi ?

— Pour rien, pour savoir. Gardez tout. Si, si, je vous assure. C'est jour de fête !

— On aura tout entendu, murmura ma grand-mère.

Dans le train qui nous ramenait chez nous, on a tous gardé le silence, assis au milieu des gens qui revenaient du travail. Ma grand-mère avait repris un peu d'aplomb ; elle s'était repoudré les joues et je m'étais blotti contre elle, comme si je sentais que j'allais bientôt en être séparé. Le front posé contre la vitre, elle regardait le paysage défiler. La tristesse lui donnait une sorte de beauté très digne. Parfois, elle jetait un coup d'œil à celui qui avait partagé sa vie. Ses yeux avaient la couleur des feuilles mortes qui flottaient dans le ciel. Je me demandais quelles pensées pouvaient provoquer les sourires fugaces qui lui venaient aux lèvres de temps à autre.

Je me disais qu'elle pouvait tout comprendre.

Mon grand-père, lui, avait une moustache blanche à cause de la glace à la vanille. Il avait

Barracuda for ever

posé ses pieds sur la banquette d'en face. Et il sif-flotait.

— Quelle bonne journée on a passée! s'ex-clama-t-il.

— C'est le mot que je cherchais, murmura ma grand-mère.

2

La semaine suivante, on a tous accompagné Joséphine à la gare de Lyon, même Napoléon.

Elle avait décidé de repartir dans le sud de la France, tout près d'Aix-en-Provence où elle était née et où l'attendait une petite maison laissée libre par sa nièce. Il fallait essayer de voir le bon côté des choses, disait-elle. Elle renouerait avec des amies d'autrefois, remarcherait sur les sentiers de son enfance. Et surtout, il y aurait le soleil et la lumière.

— J'aurai plus chaud que vous !

Comme pour lui donner raison, un chagrin tombait en fines gouttelettes sur la verrière de la gare.

Sur le quai, au milieu d'une montagne de valises, nous avons attendu le train. Mon grand-père arpentait le quai de long en large comme s'il avait peur que le train n'arrive jamais.

— Mon petit Léonard, tu viendras me voir ? me demanda ma grand-mère.

Ma mère répondit à ma place :

Barracuda for ever

— Bien sûr, on viendra souvent. C'est quand même pas si loin.

— Et toi aussi, ajouta mon père, tu nous rendras visite.

— Si Napoléon m'appelle, je viendrai. Dites-le-lui. Je le connais, ce chameau, mieux que personne, et je sais parfaitement ce qu'il...

Elle parut réfléchir pendant quelques secondes et se reprit :

— Oh et puis non finalement, ne lui dites rien. Quand il sera bien mûr, il me suppliera lui-même. Bien mûr comme une vieille pomme pourrie, toute...

Mon grand-père, qui arrivait à petites foulées, l'interrompit :

— Le train approche ! Préparez-vous ! Faudrait pas le rater !

— T'as quand même le chic pour dire le mot qui fait plaisir, dit mon père.

Empoignant la plus grosse valise, Napoléon se retourna vers Joséphine et lui murmura d'une voix très douce :

— Je t'ai pris une première.

— Charmante attention.

On installa Joséphine à sa place. Napoléon et mon père calèrent ses valises partout autour. J'ai entendu mon grand-père chuchoter à une passagère :

— Veillez bien sur elle. Elle n'a pas l'air comme ça, mais elle est très fragile.

Barracuda for ever

— Qu'est-ce que tu dis à la dame ? lui demanda ma grand-mère.

— Rien, rien, je dis que les trains sont toujours en retard.

On est redescendus sur le quai. Une voix annonça que le train pour Aix-en-Provence allait partir. Derrière la vitre, Joséphine nous montrait un bon visage souriant, comme si elle partait en vacances.

Le train glissa devant nous, on fit des petits signes de la main. Les phares rouges du dernier wagon disparurent dans la brume.

C'était fini. La voix a annoncé un autre train. D'autres voyageurs ont envahi le quai.

— Allons boire un coup ! dit Napoléon. C'est ma tournée.

Dans le café où se bousculaient des grappes de voyageurs, Napoléon nous a trouvé une banquette sur laquelle on s'est serrés. Il avait d'innombrables projets.

— D'abord refaire la maison, dit-il. Poser du papier peint, rafraîchir les peintures, rafistoler un peu partout. Un coup de jeune, quoi.

— Je vais faire venir un entrepreneur, dit mon père.

— Pas d'entrepreneur. Je ferai tout moi-même. Mon Coco m'aidera.

Il ponctua sa phrase en m'envoyant son poing contre l'épaule.

Barracuda for ever

— Ce n'est pas tellement raisonnable, dit ma mère, vous devriez écouter votre fils.

Mon père approuva de la tête et renchérit :

— C'est vrai, papa, réfléchis. Un entrepreneur, ça serait peut-être plus simple ! Il ferait le plus gros.

— C'est ça, s'écria mon grand-père, et moi je me contente des miettes. Comme un piaf ! Jamais ! Je ferai tout moi-même. Notez que je ne vous ai rien demandé. Si vous êtes venus pour m'humilier, vous pouviez rester chez vous. Je me débrouillerai très bien tout seul. Tout seul ou avec mon Coco. Pour installer la salle de gymnastique aussi.

— La salle de gymnastique ? s'écria mon père. Pourquoi pas des haltères ?

— Pas idiot, ça, les haltères. J'y avais pas pensé. Je note.

Mon père soupira, échangea un regard avec ma mère avant de se racler la gorge pour déclarer :

— Franchement, papa, si tu veux mon opinion…

— Ne te fatigue pas, le coupa Napoléon tout en aspirant le Coca avec sa paille, je sais très bien ce que tu penses de toute cette histoire.

Non, ils n'approuvaient pas. Surtout mon père. À quatre-vingt-cinq ans, presque quatre-vingt-six, on ne divorce pas. On n'installe pas une salle de

Barracuda for ever

gymnastique et on accepte de se faire aider pour refaire son intérieur. Et d'ailleurs, on ne refait pas son intérieur à cet âge-là. Ni son extérieur. Ni rien. On attend. On attend la fin.

— Mais en fait, continua Napoléon, ce que tu en penses, eh bien je m'en fous. Pas besoin de ton autorisation. Tu saisis?

Mon père se mit à rougir violemment; son visage révolté se fripa en une seconde, mais la main de ma mère se posa discrètement sur son avant-bras et éteignit sa colère.

— Je crois que c'est à ma portée, se contenta-t-il de maugréer.

Napoléon me fit un clin d'œil et me dit:

— Laŭ vi, ĉu mi estis sufiĉe klara, Bubo?

Ce qui voulait dire «Tu crois que j'ai été assez clair, mon Coco?» en espéranto, cette langue que mon grand-père parlait couramment et dont il m'avait appris les rudiments.

J'ai fait oui de la tête.

L'espéranto était devenu notre langue de contrebande, à mon grand-père et à moi, et nous l'utilisions quand nous avions un secret à partager. J'aimais ces sonorités à la fois étranges et familières qui venaient de contrées éloignées, j'aimais cette langue qui vous donne l'impression d'avoir la terre entière dans la bouche. Il l'avait apprise du temps de sa première vie, quand il déchaînait les éclairs sur les rings de boxe pour pouvoir

Barracuda for ever

communiquer facilement avec des boxeurs étrangers, s'arranger entre sportifs et filouter ainsi tout le monde, entraîneurs, imprésarios et journalistes.

— Qu'est-ce qu'il a dit? demanda mon père.

— Rien, rien, dis-je. Il dit que vous êtes bien gentils de vous préoccuper de lui.

On est sortis de la gare. Une file ininterrompue de taxis attendait les voyageurs.

— Hep! s'écria mon grand-père en direction d'un chauffeur. Vous êtes libre?

— Oui, je suis libre.

— C'est bien, a dit Napoléon. Moi aussi.

Et il a éclaté de rire.

3

Napoléon avait déjà eu deux vies et en avait certainement des tas d'autres en réserve, comme les chats. Dans la première, il avait fréquenté les rings du monde entier et fait la une de nombreux journaux. Il avait connu la gloire obscure des salles de championnats de boxe, les flashs qui crépitent, la joie brève des victoires et l'infinie solitude des vestiaires après les défaites. Et puis il avait mis brutalement fin à cette carrière pour des raisons qui nous échappaient un peu.

Il était alors devenu chauffeur de taxi. *Taximan*, comme il aimait dire en prenant l'accent américain. Il n'avait jamais retiré la borne fixée sur le toit de sa voiture. Quand il venait me chercher à l'école, il l'allumait et, en hiver, les trois lettres TA I se détachaient dans la nuit, le X refusant de s'illuminer. La porte arrière de sa Peugeot 404 s'ouvrait et il prenait une voix cérémonieuse pour me demander :

— Où monsieur veut-il se rendre ?

Barracuda for ever

Mais ce vendredi-là, une semaine après le départ de Joséphine, il me dit simplement :

— Je t'emmène quelque part.

— Au bowling ?

— Non, pas au bowling. Tu vas voir.

Napoléon m'expliqua qu'il avait beaucoup réfléchi et que le début de cette troisième vie devait être marqué par un événement important.

— Un événement heureux ! s'exclama-t-il en grillant une priorité à droite.

— D'accord, mais tu roules à gauche, grand-père.

— Pas grave, me répondit-il. Ils roulent bien à gauche en Angleterre !

— On n'est pas en Angleterre !

— Pourquoi ils klaxonnent comme ça depuis tout à l'heure ? Tu as une idée ?

— Grand-père, tu l'as eu en quelle année, ton permis ?

— D'abord, à partir d'aujourd'hui, cesse de m'appeler comme ça. Et ensuite, de quel permis tu parles ?

Le soleil commençait à descendre dans le ciel.

À chaque croisement, il avait le réflexe de tendre le bras devant moi pour m'éviter de partir dans le pare-brise en cas de coup de frein brutal, comme si sa voiture n'était toujours pas équipée de ceintures. On a roulé une demi-heure, puis

Barracuda for ever

on a quitté la route pour emprunter un chemin de terre.

— C'est là. Enfin je crois.

J'ai lu les trois lettres qui marquaient l'entrée.

— SPA, dis-je.

— C'est bien, tu connais trois lettres. Ça suffit. Tu en sais assez pour te débrouiller. Allez, *go*, on y va.

— Tu veux adopter un chien? demandai-je tandis que nous arpentions les allées bétonnées du chenil.

— Non, non, tu vois bien, je suis à la recherche d'un secrétaire! T'as de ces questions, toi, des fois!

Des aboiements rauques mêlés à des jappements plus aigus s'élevaient des cages. Il y avait vraiment tous les chiens du monde et tous les pelages imaginables: longs, fins, courts, épais, droits ou frisés. La plupart semblaient abattus et prostrés au fond de leur cage et se mettaient à frétiller de la queue dès qu'un visiteur passait devant eux.

Certains de ces chiens souffraient de maladies de peau et se grattaient désespérément, d'autres avaient les yeux qui pleuraient, quelques-uns tournaient en rond à la poursuite de leur propre queue.

Là un épagneul bien charpenté, là un solide beauceron, là un fougueux Jack Russel, ici un

Barracuda for ever

rassurant labrador, un élégant colley ou un gracile et aristocratique lévrier. On n'avait que l'embarras du choix. C'était bien le problème.

— Pas facile de choisir! dit Napoléon. Et on peut pas tous les prendre! On va quand même pas tirer au sort...

Une dame vint à notre rencontre et, devant l'hésitation de mon grand-père, déclara:

— Ça dépend de ce que vous voulez en faire.

— Justement, on ne sait pas, répondit Napoléon. Quelle question! On veut juste avoir un chien et le traiter en chien, et c'est tout.

Il désigna une cage sur la grille de laquelle ne figurait aucune indication:

— Et là, reprit-il, c'est quoi?

— Là? dit l'employée, un fox à poil dur, je crois.

Le chien leva vers nous un œil brouillé, souleva son museau quelques secondes puis, tout en poussant un profond soupir, le recala entre ses pattes parallèles.

— Vous êtes certaine? demanda Napoléon.

— Non à vrai dire. Un setter, plutôt, peut-être... Attendez, je vérifie.

La dame s'emmêlait dans ses papiers qui s'envolaient dans les allées.

— Je manque d'ordre.

— Tant pis pour la race. On s'en fout de la race, après tout, hein, Coco?

Barracuda for ever

— Oui, on s'en fout.

— Et il a quel âge?

La dame prit un air assuré et professionnel.

— Euh... un an environ. Non, deux. Oui c'est ça.

Son visage se fendit d'un sourire gêné.

— En fait, peut-être un peu moins. Ou beaucoup plus.

Elle fouilla de nouveau dans ses papiers qui finirent par lui échapper pour se disperser dans l'enclos.

— Bon, laissez tomber! dit Napoléon. L'âge aussi on s'en fout. Ça vit combien de temps, ce genre de chiens?

— Ce sont des chiens très résistants, répondit la dame, pas loin de vingt ans! Vous avez l'air préoccupé. C'est un problème?

— Évidemment que c'est un problème! s'exclama Napoléon.

— Ah, oui, je vois. Je crois comprendre...

— Oui, dit Napoléon, c'est ça le problème avec les animaux, ils disparaissent toujours avant vous et vous avez de la peine!

*

— C'est drôle, dit Napoléon, tu as vu, on est arrivés à deux et on ressort à trois!

Barracuda for ever

On échangea un sourire. On avait envie de lui parler, au chien, mais on n'osait pas car on trouvait ça un peu ridicule.

Napoléon sortit de sa poche une laisse toute neuve qui se déroula comme un serpent. L'étiquette y était encore accrochée.

— Tu as tout prévu, grand-p..., Napoléon!

— Tout. Même ça, regarde!

Le coffre de la Peugeot 404 était complètement rempli de sacs de croquettes. Napoléon ouvrit la porte arrière de la voiture et dit avec cérémonie :

— Une nouvelle vie commence! Où monsieur veut-il se rendre?

L'animal sauta sur la banquette, la renifla et, la trouvant à son goût, s'y cala confortablement.

Le compteur du taxi détraqué affichait 0000 et j'eus vraiment le sentiment qu'il marquait le début de quelque chose.

— C'est vrai, quoi, dit Napoléon en passant la première, on n'a pas besoin d'un chien d'une race particulière. Juste d'un chien. Un chién à tendance chien et basta!

La question du nom se posa. Médor, Rex, Rintintin, Baloo, rien de tout ça ne nous emballait. À un feu rouge, nous nous retournâmes tous les deux. L'animal leva vers nous deux yeux doux dont les bords semblaient maquillés et pleins d'interrogations.

Barracuda for ever

— Un nom original, dit mon grand-père, voilà ce qu'il te faut. Du neuf! Les vieux trucs, on n'en veut plus! Point à la ligne!

— Point à la ligne, m'écriai-je, voilà un joli nom!

— Banco pour Point à la ligne!

Puis, se retournant vers la banquette arrière, il demanda :

— Alors, Point à la ligne, tu es content d'avoir enfin un nom?

— Wouaf.

— Ça a l'air de lui convenir! dis-je. C'est vert, tu peux y aller.

— C'est un joli nom, dit mon grand-père en démarrant. Pour un chien en tout cas. Original. Distingué. Classe, quoi. Beaucoup mieux que «Point virgule» ou «Fermez les guillemets»! T'as l'instinct chien, toi, ça se sent.

Une fois arrivés chez lui, nous avons sorti les paquets de croquettes du coffre de la Peugeot 404 pour les entasser dans les placards.

— On a bien travaillé, dit Napoléon, j'ai quelque chose pour toi.

Il ouvrit un tiroir et en sortit un sac de toile gonflé à bloc.

— T'inquiète, c'est pas des croquettes. Ouvre.

Son œil pétillait de malice.

Des billes. Des centaines de billes. De vieilles billes en terre, d'autres en verre, des agates, des

Barracuda for ever

calots, des boulards… Toute l'enfance de Napoléon.

— Elles sont pas de la première jeunesse, dit-il. J'ai mis des années à les gagner. T'en auras plus l'usage que moi. J'ai plus trop de compagnons de jeu, tu vois. Normalement, c'est plutôt une collection de timbres qu'on donne, moi les timbres ça m'a toujours gonflé. D'abord j'en ai pas reçu des masses, de lettres. Faut dire que je me suis pas non plus énormément foulé pour en écrire.

J'avais les jambes molles, le cœur battant et les mâchoires totalement soudées.

— Tu vas pas chialer, quand même! me lança-t-il.

4

C'est ainsi que Point à la ligne entra dans notre famille et fut présenté dès le lendemain à mon père et à ma mère. C'était un chien facile à vivre, docile et doux, qu'un rien réjouissait. Mon père se contenta de demander :

— C'est quelle race ?

— C'est un chien, répondit Napoléon, c'est tout. Je ne sais pas pourquoi, mais j'étais certain que tu poserais cette question.

— Ne te fâche pas, bougonna mon père. C'était juste pour savoir. Parce que souvent on dit « c'est un caniche », « un labrador », « un… ».

— Ben là non, on dit juste « c'est un chien ». Un chien croisé chien. Point à la ligne !

— Bon ça va, tu vas pas te mettre en boule pour une simple question.

— Je me mets pas en boule. Point à la ligne, c'est son nom. Et puis si, finalement, je m'énerve. C'est ta manie de vouloir toujours tout classer qui m'énerve. Déjà quand t'étais môme

Barracuda for ever

tu classais tout. Tu te souviens de tes timbres? T'as toujours aimé ça, faire entrer les gens – et les chiens – dans des petites boîtes. Comme ça, là, pour qu'ils bougent plus comme dans…

Mon père haussa les épaules et demanda :

— Mais enfin, tu peux me dire pourquoi un chien, maintenant? Maintenant que…

— Que quoi?

— Que rien.

Napoléon expliqua, en appuyant ses propos de grands gestes désordonnés, qu'il avait toujours rêvé d'avoir un chien. Quand il était petit, il habitait dans un appartement minuscule du côté de Belleville et ensuite, une fois devenu boxeur, ce n'était même plus la peine d'y penser. Quel chien, même aussi accommodant et sympathique que Point à la ligne, aurait pu se satisfaire de la vie errante d'un boxeur?

— Et ensuite, ta mère était allergique aux poils de chien. Bien ma veine, ça! Mais maintenant, je suis bien décidé à m'occuper de lui jusqu'au bout.

Mon père leva un sourcil étonné.

— Son bout à lui, précisa Napoléon en haussant les épaules.

Ma mère avait sorti son carnet à croquis et jouait déjà des crayons. Point à la ligne sembla le comprendre et lui offrit son fier et noble profil. Il était fait pour finir sur une des pages de ma mère.

Barracuda for ever

J'aimais la voir à l'œuvre. Elle dessinait tout ce qui l'entourait en se laissant entièrement absorber par son modèle ; et plus rien n'existait autour d'elle. Elle n'avait commencé à parler qu'à six ans et, depuis, avait toujours donné l'impression de se méfier de la parole. Elle économisait ses mots comme si elle en avait peu en réserve, mais tout ce qu'elle ne disait pas, elle le dessinait. En trois coups de crayon, les êtres revivaient sur la feuille. En un instant, elle attrapait une lueur dans un œil ou prenait dans les filets de son pinceau un petit geste apparemment anodin, mais qui en réalité révélait beaucoup de choses. Ces centaines de petits dessins pris sur le vif remplissaient des tiroirs entiers ; et reliés en album, ils finissaient parfois par raconter des histoires décousues et un peu poétiques. Elle allait souvent les lire dans les bibliothèques ou dans les écoles.

Mon père tourna autour de l'animal et, après avoir consulté une encyclopédie, décréta qu'il tenait du fox, du lévrier, de l'épagneul en même temps que du maltais. Un vrai puzzle de chien. Sa longue queue en panache, surtout, était inclassable. On aurait dit qu'elle avait été ajoutée au corps après coup.

— Ah tiens, dit Napoléon en se tournant vers mon père, pendant qu'on a deux minutes de tranquillité, j'ai un service à te demander.

Barracuda for ever

Il sortit d'une grande enveloppe une liasse de feuilles dactylographiées.

— Tu vois, c'est le juge qui m'écrit. Tu voudrais pas me lire, là? Je le lirais bien moi-même, mais j'ai oublié mes lunettes.

Mon père se saisit du document et commença à le parcourir.

— Voyons, voyons... «Motif du divorce: renouvellement de vie.» Quand même, papa, t'es gonflé!

Napoléon souriait fièrement et Point à la ligne semblait le regarder avec admiration.

— En gros, pour résumer, il est dit que tout le monde était d'accord et qu'il n'y a pas eu de conflit.

— Exactement, dit Napoléon. Tout le monde était content, ça s'est super bien passé.

— Peut-être pour toi, dit mon père. Pour Joséphine, je suis pas sûr que...

— Ta ta ta! Qu'est-ce que t'y connais? Bon, sinon, le reste?

— Tout a l'air réglé, ensuite ce sont des trucs techniques...

— Abrège! commanda Napoléon.

Le regard de mon père se porta directement sur le bas du document.

— Tu sais pas ce que le juge a ajouté au crayon? Tiens-toi bien: «Bonne chance!»

Barracuda for ever

— Il était sympa, ce juge, dit mon grand-père. J'ai senti que le courant passait bien entre nous. J'ai failli lui proposer d'aller prendre une petite bière.

Napoléon arracha le document des mains de mon père.

— Je vais le faire encadrer et l'accrocher dans les cabinets. Pour marquer le début de ma nouvelle vie.

Il me mit la liasse de pages sous le nez.

— Tu as vu, Coco, un beau diplôme! Mon premier diplôme. Je l'accrocherai à côté de Rocky!

Il souriait. Ses yeux bleus brillaient sous ses cheveux très épais, d'un blanc très pur, et dont une longue mèche lui retombait parfois en travers du visage. J'admirais son insouciance. J'admirais la jeunesse de son regard au milieu des petites rides. Il tenait toujours ses poings serrés, même quand il n'avait aucun motif de contrariété.

— Tant mieux si tu es content, dit mon père. Je sais que tu n'aimes pas quand on se mêle de tes affaires, et que tu te moques de mon opinion, mais je trouve que tu as exagéré avec maman. Voilà, c'est dit une fois pour toutes.

— Tu as tout à fait raison, dit Napoléon.

L'œil de mon père brilla de satisfaction jusqu'à ce que Napoléon précise:

Barracuda for ever

— Sur deux points, même : j'aime pas quand on se mêle de mes affaires et je me fous de ton opinion.

Napoléon se retourna vers moi et me demanda :

— Ĉu vi ne taksas lin cimcerba ? (Tu trouves pas que c'est un naze ?)

Je me suis contenté de sourire.

— Qu'est-ce qu'il a dit, hein, Léonard ? me demanda mon père.

— Oh rien, répondis-je, juste que t'étais quand même bien gentil de t'inquiéter. Et qu'il te remercie.

Le sourire qui illumina le visage de mon père m'emplit instantanément d'une tristesse sombre et tendre. Ma mère lui entoura l'épaule de son bras.

— C'est vrai quoi, à la fin ! bougonna mon grand-père en haussant les épaules.

*

Le lendemain, je fis la connaissance d'Alexandre Rawcziik. Avec deux i, précisa-t-il tout de suite. Il tenait à ses deux i comme moi aux billes de Napoléon que je gardais cachées dans mon cartable. Il portait une étrange casquette faite de fourrure, de cuir, de velours et même de plumes, et il l'accrochait avec soin, tel un casque, sur le portemanteau du couloir ; ce drôle d'objet m'hypnotisait.

Barracuda for ever

Il avait un air timide, un peu triste et solitaire, qui l'éloigna aussitôt des autres élèves de la classe tout en lui faisant gagner ma sympathie. Et en quelques heures, je me surpris à le considérer comme mon meilleur ami. Était-ce la joie d'avoir enfin trouvé un camarade qui me ressemblait et avec qui je pourrais tout partager? Était-ce la magie des billes de Napoléon? Mystère. Mais toujours est-il que, grisé par une sensation nouvelle d'invincibilité, je n'hésitai pas à proposer à Alexandre une partie de billes. Et, certain d'accroître le trésor qui m'avait été confié, je mis en jeu les billes de Napoléon.

Je les vis disparaître une à une dans les poches de ce nouvel ami. Espérant toujours me refaire, j'en ressortais sans cesse une nouvelle du vieux sac. La chance allait tourner, c'était certain. Mais rien n'y faisait, un mauvais génie s'ingéniait à dévier la course de ma bille qui, au dernier moment, manquait invariablement sa cible.

Alexandre empochait son butin distraitement, mécaniquement, sans même me regarder. Les billes faisaient un petit bruit en s'entassant dans sa poche qui gonflait à vue d'œil. Je me disais qu'il fallait que je m'arrête, que j'allais tout perdre, mais à chaque fois ma main plongeait comme malgré moi dans le sac pour en remettre une autre en jeu. Il était d'une habileté diabolique, et ses gestes d'une précision de tireur d'élite.

Barracuda for ever

Les moins jolies disparurent, puis les plus étincelantes, et enfin ce fut le tour des plus précieuses. En une journée, j'avais perdu un trésor.

— C'est fini, dis-je, je n'ai plus rien.

Curieusement, je n'en voulais pas du tout à Alexandre. Moi seul avais dilapidé quelque chose de sacré.

Je rentrai le sac aussi vide que le cœur, la gorge pleine de sanglots. Qu'est-ce qui m'avait pris? Pourquoi avait-il fallu que j'aille jusqu'au bout? Maintenant, c'était trop tard.

5

Le lendemain de la tragédie des billes, mon grand-père me déclara :

— Mon Coco, je te nomme mon aide de camp. Léonard Bonheur est nommé aide de camp. Voilà, c'est officiel.

— À vos ordres, mon empereur ! dis-je en imitant le soldat qui se met au garde-à-vous.

— On va attaquer les ampoules grillées. On verra l'avenir beaucoup plus clairement ! Hein, Coco ?

— Ça, c'est sûr.

Je tenais un tabouret sur lequel il grimpa pour dévisser l'ampoule.

— Tu es certain d'avoir coupé le jus, grand-père ?

— T'inquiète, Coco. Et m'appelle pas grand-père.

— D'accord, grand-père. Je m'inquiète pas mais je voudrais pas que tu fasses comme Cloclo.

Barracuda for ever

— Pauvre Cloclo, quand j'y pense ça me fait toujours un coup! Un coup de jus... Ah, ah!

Il riait tellement qu'il avait du mal à tenir sur le tabouret.

— Soyons sérieux, passe-moi la nouvelle ampoule.

Des étincelles jaillirent dans sa main. Noir complet.

— Ouille! Merde! dit-il en agitant la main comme pour se la refroidir, j'ai dû oublier un truc! Pourtant c'est moi qui ai installé l'électricité, dans cette maison, je comprends pas. Ta grand-mère a dû faire intervenir quelqu'un qui a tout mélangé et voilà où on en est. Faut vraiment se méfier des femmes.

Il sauta au sol et se reçut sur ses jambes très souplement. Puis il dénicha une bougie dont il alluma la mèche.

— Et la lumière fut! dit-il fièrement.

La situation amusait beaucoup Point à la ligne. Assis sur son derrière, battant l'air de sa queue, il semblait attendre la suite des réjouissances.

— Dis donc, Coco?

— Oui.

— Tu trouves pas qu'on est bien, là, tous les deux? dit-il en s'asseyant sur le vieux canapé.

— Tous les trois! rectifiai-je en caressant Point à la ligne.

Barracuda for ever

Il avait raison. On ressemblait à deux voleurs complices dans cette maison envahie par la pénombre. Deux voleurs et leur chien.

— Je me demande si c'est un bon chien de garde, dit Napoléon.

Comme pour lui répondre, Point à la ligne se mit sur le dos et offrit son ventre aux caresses.

— Viens à côté de moi, dit mon grand-père en tapotant le canapé. J'ai quelque chose à te dire.

Sa voix était douce, un peu chevrotante. L'espace d'une seconde, une impression de fragilité m'envahit. L'absence de Joséphine emplissait la pièce et j'étais certain que Napoléon ressentait le même vide que moi.

— Mon vieux Coco, soupira-t-il, certaines personnes sont encore là, même quand on ne les voit plus.

Malgré la situation, il était très détendu. J'ai remarqué que ses grosses mains noueuses étaient étalées comme deux grandes feuilles souples sur ses genoux. La bougie répandait une lumière apaisante autour de nous.

— Qu'est-ce que ça fond vite, une bougie! murmura mon grand-père.

Puis, étonné de sa propre remarque, il se secoua.

— Fin du quart d'heure mélancolie, assez philosophé. Bras de fer.

Barracuda for ever

Nous nous installons avec cérémonie l'un en face de l'autre. Nos mains se joignent. Paume contre paume. Nos muscles se tendent. Nos bras oscillent à droite, à gauche. Grimaces de pirates. Il fait semblant de serrer les dents, de souffrir, cette fois-ci je vais le battre. Mais juste au moment où ma victoire est certaine, que le dos de sa main est à un centimètre de la table, il se met à sourire, à siffloter, à observer les ongles de son autre main et, sans effort, gentiment, avec délicatesse, retourne la situation. Ma main fait le tour du cadran et s'écrase de l'autre côté.

C'est à cet instant que quelqu'un cogna contre la porte de la maison.

— T'attends du monde ? demandai-je.

— Personne. Va ouvrir. Pendant ce temps, je vais remettre un fusible. On peut vraiment pas être tranquilles deux minutes.

Ils étaient deux, habillés du même costume, et portaient une mallette identique.

— Tu es tout seul ? me demanda l'un des deux visiteurs.

L'électricité revint et mon grand-père surgit derrière moi. À ma grande surprise, il les laissa entrer sans rien vérifier et les invita à s'installer autour de la table. Je remarquai que ses poings étaient de nouveau serrés.

Barracuda for ever

— Ni amuziĝos, Bubo! Ili ne eltenos tri raŭndojn! (On va s'amuser, Coco! Ils vont pas tenir trois rounds!)

Les deux visiteurs sortirent de leur mallette des dépliants et des catalogues. Grand-père montrait un visage attentif et un regard curieux. Les images, surtout, l'intéressaient.

— Alors ça, voyez-vous, dit le représentant, ça, c'est une crémaillère qu'on peut installer le long d'une rampe d'escalier pour monter à l'étage sans se fatiguer... Comme un petit ascenseur personnel. Le top.

— Pas mal. Et ça, là?

— Un appareil acoustique pour les personnes à audition réduite.

— Un quoi? dit Napoléon en tendant l'oreille.

— Un appareil acoustique pour...

— Un appareil à moustiques, vous voulez dire? Pas besoin, pas de moustiques ici. Par contre, on a parfois d'autres emmerdeurs.

Les deux hommes échangèrent un regard discret. Ils se forcèrent à sourire.

— Et ça, c'est quoi? demanda mon grand-père en écrasant son doigt sur une autre image.

— Des loupes pour les personnes à vision réduite.

— Intéressant. Remarquez, pour les sales gueules qu'on voit dans les parages, franchement... Et ici?

Barracuda for ever

Bizarre, on dirait un truc pour enfant. Une trottinette.

— Le dernier modèle des déambulateurs, en titane et carbone. Freins à disque. Pour les personnes à mobilité réduite. Vous avez sans doute pensé à l'avenir?

— Parfaitement, vous tombez bien, j'y pense tout le temps.

Les deux démarcheurs affichèrent un sourire de satisfaction.

— Hein, mon Coco, on y pense! Bubo, êu vi kredas, ke li iras êe sia amantino! (Tu vas voir ce qu'ils vont prendre!)

La mèche de la colère était allumée et il n'y avait plus qu'à attendre que le baril de poudre explose. Tranquillement. Comme devant un feu d'artifice.

— Alors l'avenir, parlons-en! déclara un des deux hommes. Parlons-en sérieusement!

— Je vais vous en parler, moi, de votre avenir, répondit Napoléon les bras croisés et les yeux affûtés comme des fléchettes. Et en effet très sérieusement.

Les deux autres m'ont regardé. Ils étaient pris. J'ai haussé les épaules pour leur montrer que je n'y pouvais rien.

— Votre avenir immédiat, petits cons, ça va être d'arrêter de nous faire chier. Quant à votre avenir plus ou moins lointain, il est de recevoir ce

Barracuda for ever

poing sur la gueule. Est-ce que vous pourriez me dire à qui est destiné tout votre bastringue, là?

— À des personnes un peu... enfin, je sais pas, moi, un peu âgées, quoi!

— Des vieux, vous voulez dire? demanda grand-père en levant un sourcil. Dites-le clairement.

— Ben... oui, en fait, des... des comme vous dites.

Le pied de Napoléon tapota mécaniquement contre le carrelage.

— Parce que peut-être que vous en voyez un, de *vieux*, dans cette maison? Tu en vois un, toi, Coco?

— Non, dis-je en me retournant comme pour fouiller la pièce du regard, j'en vois pas du tout! Même Point à la ligne, il est tout jeune.

— Wouaf!

Les deux poids plume bégayaient un peu. Ils n'osaient plus rien dire. Mon grand-père me semblait immense, sa silhouette grandissait jusqu'au plafond. Il frappa un grand coup sur la table qui se fendilla. Les catalogues sautèrent en l'air.

— Bordel de bordel, est-ce que vous voyez un vieux dans cette pièce? Oui, non, ou merde? C'est pas compliqué, comme question! Même des êtres un peu primaires comme vous doivent pouvoir la comprendre. Et même y répondre si vous avez un brin d'instinct de conservation.

Barracuda for ever

Son bras balayant l'espace devant lui rencontra les catalogues qui giclèrent contre un mur.

— Non, on voit pas de vieux... on s'est trompé d'adresse. Le vieux, il est pas là. Bon, c'est pas qu'on s'ennuie mais on va vous laisser...

On a écouté leur voiture qui démarrait en trombe.

— Putain, dit grand-père, ils auront ma peau prématurément tous ces oiseaux de malheur. Viens, Coco, faut que je me défoule.

Je savais où il voulait en venir. On s'est mis face à face.

— Allez, Coco, boxe, boxe. Allez, fais-moi bouger ces pattes !

Napoléon était si fin, il avait les membres si délicats que de profil on le voyait à peine. Par contre de face, il ressemblait à une petite montagne.

— Ta garde, tiens ta garde ; et regarde mes jambes.

Les poings calés devant son visage, le buste penché en avant, il ressemblait vraiment au boxeur qu'il avait été. Dans cette position, il était éternel, prêt à combattre n'importe quel ennemi.

Il avait disputé le titre de champion du monde des mi-lourds en 1952, mais avait été battu de justesse, aux points. Par Rocky. Je connaissais ce combat par cœur, son dernier combat dont tous les journaux de l'époque avaient parlé, ce combat qui avait couronné sa carrière de boxeur et l'avait achevée en même temps. Car juste après

Barracuda for ever

cette défaite, il avait raccroché les gants. Jamais je n'avais trouvé l'audace de l'interroger sur ce mystérieux combat, mais ce jour-là, sans savoir pourquoi, je lui demandai :

— Qu'est-ce qui t'a manqué pour le gagner, ce combat ? Tu le sais, toi ?

Concentré sur la nourriture de son chien, il semblait ne pas avoir entendu ma question et de longues secondes passèrent. Puis il finit par dire sèchement :

— Rien. Il ne m'a rien manqué. Juste un arbitre qu'aurait pas été vendu.

Il s'essuya les mains à un petit torchon blanc et j'eus l'impression que ce geste signifiait que je ne devais plus poser de questions.

— Et ne crois surtout pas ce que les journaux racontent, reprit-il comme s'il lisait dans mes pensées. Que des sottises ! Des menteries !

Il se tut quelques secondes en observant Point à la ligne qui, le nez dans la gamelle, se régalait bruyamment.

— Ce que ça peut bouffer, un chien ! C'est pas croyable. Hein ?

Il leva vers moi ses yeux pâles et rêveurs. J'eus l'impression qu'une éternité y passait. Sur la table, la bougie était presque entièrement consumée. Il en souffla la mèche.

Barracuda for ever

— Pourquoi tu t'es arrêté, après? demandai-je. C'est ça que je ne comprends pas. Pourquoi t'as pas pris ta revanche tout de suite?

— Viens voir!

Direction les cabinets. Un véritable sanctuaire de la boxe, ces cabinets, un morceau du passé conservé tout en bloc.

Le diplôme décerné par le juge soigneusement encadré avait pris sa place sur le mur, un peu à l'écart des photos qui représentaient des combats de boxe. Napoléon flottait dans un short de satin blanc dont ses jambes fines et musclées dépassaient. Mâchoires serrées, il décochait des uppercuts, allongeait un direct du droit, ou, sur la défensive, absorbait habilement un crochet de l'adversaire. Invincible toujours et jamais K.-O

— Écoute, Coco…

Je tendais l'oreille.

— Tu entends la foule? Tu l'entends crier? Et les poings qui cognent, hein?

Je n'entendais que le glouglou de la chasse d'eau qui fuyait discrètement, mais je fis quand même oui de la tête.

Napoléon se perdait dans la contemplation de son propre visage.

— J'ai pas changé d'un iota, hein, Coco, le temps m'a épargné.

Barracuda for ever

— Non, grand-père, t'as pas changé du tout. Tu changeras jamais, d'ailleurs. Hein, tu changeras jamais?

— Jamais. Promis.

Napoléon se planta devant le portrait de Rocky. Ses yeux se plissèrent. Ses épaules tressaillirent.

Visage carré, bouche fermée, mâchoires cadenassées. Épaules luisantes de transpiration. Poings en garde très près des joues. Rocky. Le grand Rocky, son tout dernier adversaire.

Napoléon soupira.

— Prendre ma revanche sur Rocky? Ce brigand a bien joué. Il est mort juste après. D'une stupide maladie, je sais plus laquelle. Des fois je l'entends qui ricane. Il m'a bien eu, ce salaud!

Napoléon considéra que nous avions assez travaillé pour la journée. Il avait un coup de fil à passer.

— À la couille molle, m'informa-t-il.

6

La couille molle, c'était mon père.

Pendant longtemps, je ne compris pas ce que cette mystérieuse expression pouvait signifier. Je me disais que c'était sans doute là un terme doux et particulièrement affectueux. Mais à partir du moment où je fus assez grand pour la saisir dans toute son élégante subtilité, je ne pus m'empêcher de ressentir un brusque malaise à chaque fois qu'il l'utilisait, et de me sentir moi aussi un peu sali. Souffle coupé par l'audace de cette expression, je partageais l'offense avec mon père.

— Allô, c'est toi? J'emmène ton fils au bowling.

Il me décocha un clin d'œil au passage.

— Quand est-ce qu'on rentre? Ben j'en sais rien. Quelle question! Tu sais bien que j'ai jamais eu de montre! Celle que tu m'as offerte? Je l'ai paumée. Ou revendue, je sais plus. Et puis tu sais, le bowling, on sait où ça commence mais

Barracuda for ever

pas trop où ça nous entraîne. Non, tu peux pas savoir, c'est vrai. Les devoirs? Oui, on les a faits.

Mon grand-père cacha le combiné avec sa main et chuchota à mon intention :

— Il me tient la jambe, prépare-toi, on va y aller.

Puis il reprit sa conversation téléphonique :

— Le contrôle de grammaire, bien sûr. Et la dictée aussi, évidemment, tu penses. Tout est nickel chrome.

Entre-temps, j'avais sorti la boule et nos souliers de bowling. Napoléon raccrocha.

— Tu as vu, mon Coco, j'ai menti à la couille molle. Il ne pense qu'aux devoirs. Heureusement que tu ne lui ressembles pas.

Mon cœur se serra. Je me contentai de lui sourire. On ne ressemble pas toujours aux êtres que l'on admire.

Napoléon enfila son blouson de cuir noir, puis on quitta la maison après avoir laissé les clés sous le paillasson. Il m'ouvrit la portière de la Peugeot 404.

— Si monsieur veut bien se donner la peine.

Grand-père possédait sa propre boule, noire, luisante, très lourde, avec marqué dessus *Born to win* – « né pour vaincre » en anglais. Sur ses gants de boxe, cousue de blanc, on pouvait lire cette même phrase. Il la trouvait très classe et d'un goût excellent.

Barracuda for ever

Il avait découvert le bowling pour tromper son ennui après avoir abandonné la boxe, et très vite, il avait brillé sur les parquets comme sur les rings.

— Précision, souplesse, délicatesse : les trois commandements du bowling, disait-il. Même chose pour les billes !

Il a garé sa Peugeot 404 à cheval sur trois places de parking. Et nous sommes entrés dans la salle.

Il était en grande forme, ce soir-là. Il prenait une petite course d'élan et se fendait gracieusement, comme une jolie paire de ciseaux. Sa boule le quittait à regret, semblait avoir du mal à se détacher de ses doigts, mais ensuite elle s'échappait avec une telle grâce, une telle douceur qu'on avait l'impression qu'elle roulait sur un coussin d'air sans toucher le parquet. Les scores s'inscrivaient sur un petit écran où dansait une fille en maillot de bain bleu. Il aligna ainsi une bonne dizaine de strikes et un petit groupe finit par se former autour de nous.

Napoléon se concentrait pour réaliser le grand chelem du siècle quand on entendit, au milieu du silence religieux :

— Perds pas la boule, mon vieux.

Mon grand-père se figea sur place. Faisant sauter la boule dans sa main, il promena sur l'assistance un regard au mercure. Un groupe de

Barracuda for ever

garçons goguenards avaient visiblement décidé de terminer leur soirée à l'hôpital. Napoléon prit sur lui, respira un grand coup pour se calmer, puis se mit en place pour reprendre son élan.

— Bientôt la quille, pépé! lança un autre garçon.

Le silence devint solide autour de nous. Grand-père reposa sa boule, se racla la gorge. Il avait l'air ailleurs et impérial.

— Viens, Coco, dit-il d'une voix forte, on s'en va. Ça pue trop ici.

*

— Et alors? me demanda Alexandre le lendemain, comment ça s'est terminé? Oh raconte, raconte-moi.

— Ça t'intéresse? demandai-je.

— Oh oui, vas-y, vas-y!

— Alors voilà: on s'est retrouvés sur le parking dans la nuit. Et là, la bande de garçons nous attendait. Ils faisaient craquer les os de leurs doigts, tu vois le genre!

— Oh là là! s'écria Alexandre. Alors vous êtes retournés dans le bowling?

— Pas du tout. Mon grand-père leur a simplement dit: «Normalement, la fessée, c'est sur rendez-vous. Mais je vais faire une exception. Par qui je commence?»

Barracuda for ever

— Et toi, t'étais où?

— Moi j'étais peinard, assis sur le capot de la 404, je gardais la boule de mon grand-père. J'étais comme au cinéma, tu vois, manquait juste le pop-corn!

— T'avais pas peur? Pour ton grand-père, je veux dire, t'avais pas peur?

J'ai éclaté de rire.

— Peur? Et de quoi? Il m'a dit, tranquillos: «Excuse-moi du contretemps, j'en ai pour deux secondes.» Et paf! paf! il les a tous alignés, les uns après les autres, comme ça, sans réfléchir. T'aurais vu la dérouillée! Les mecs, eux, ils se tortillaient sur le sol en gémissant, alors mon grand-père leur a dit: «Maintenant, si vous tenez à votre slip, foutez le camp!»

— Et alors?

— Alors ils ont foutu le camp.

— Classe! a dit Alexandre. Tu racontes super bien.

Alexandre Rawcziik restait très discret sur sa famille ainsi que sur les raisons qui l'avaient amené à déménager et à manquer la rentrée. Il était manifeste qu'il détestait et craignait qu'on cherche à s'informer sur son passé. Malgré cela (ou plutôt pour cette raison), la plupart des enfants s'ingénièrent à le bombarder de questions: d'où tu viens? Et tes parents, ils font quoi? T'as ton père et ta mère?

Barracuda for ever

J'admirais l'art qu'il avait développé pour éviter de répondre aux questions qui lui étaient posées. Il était à ce jeu presque aussi habile qu'aux billes. D'ailleurs, les uns et les autres se lassèrent rapidement ; ils se résignèrent à ne rien savoir de lui et se vengèrent en l'ignorant totalement : il n'existait pas. Une manie particulière contribuait à faire de lui un être à part, une manie que les autres jugeaient dégoûtante, mais qui m'intriguait : il observait les insectes, les suivait, passait des récréations entières à tenter de les mettre à l'abri, à l'écart des voies empruntées par les autres élèves. Il les connaissait par leur nom scientifique et des mots comme coléoptère, cétoine, manticora ou lucane cerf-volant m'apparurent bientôt aussi lumineux, précieux et poétiques que l'espéranto de Napoléon.

Nous passions beaucoup de temps tous les deux, ne serait-ce que pour parcourir ensemble le chemin jusqu'à l'école. L'amitié qui nous liait depuis son arrivée s'était encore renforcée depuis qu'il avait compris que je ne lui poserais jamais aucune question sur sa famille. Quant aux billes de Napoléon, je n'osais même pas les évoquer. Après tout, elles ne m'appartenaient plus et je croyais devoir les oublier.

Mais ce soir-là, après l'histoire des exploits de Napoléon au bowling, je le vis sortir un sac de sa poche. Il l'ouvrit et y plongea sa main.

Barracuda for ever

— J'aime quand tu me racontes les aventures de ton grand-père. Tu racontes bien mieux que tu ne joues aux billes. Prends une bille.

— Mais...

— Vas-y, allez, prends. Tu me raconteras encore.

7

Je voyais peu mon père qui partait très tôt à sa banque. Depuis mon lit, j'entendais sa voiture démarrer. Il laissait chauffer le moteur, réglait la radio, puis la voiture s'éloignait en faisant crisser les graviers. Cette régularité de métronome me rassurait. Quand je me levais, ma mère était déjà à ses crayons; j'avais parfois l'impression qu'elle avait passé la nuit dans le petit atelier qu'elle avait aménagé, tout en haut de la maison, dans un coin de grenier qui ressemblait à une cabine de bateau. J'étais le seul à pouvoir m'y tenir debout, bien au milieu, et j'aimais y fureter et y respirer les odeurs de colle, de vernis, de pastels et de peinture.

Elle avait essayé d'avoir un travail plus classique, avec des horaires stricts et des chefs à respecter, mais elle s'était toujours fait renvoyer au bout de quelques semaines. Parfois parce qu'elle n'arrivait pas à respecter les horaires, parce qu'elle couvrait tous les dossiers et documents

Barracuda for ever

de dessins, ou encore parce qu'elle s'endormait sur son bureau; mais la plupart du temps, c'était tout simplement parce qu'à peine embauchée elle devenait incapable de prononcer la moindre parole. Elle n'y pouvait rien, plus aucun mot ne sortait. Elle n'était tout simplement pas adaptée au monde du travail.

Par contre, quand elle dessinait une fleur, on avait le sentiment de sentir son parfum. Et si on était allergique au pollen, on avait envie d'éternuer. Ses dessins étaient toujours baignés d'un soleil dont on pouvait sentir la pâle chaleur sur la peau, mais elle était une des rares artistes à dessiner la pluie comme il faut. Un de ses livres était entièrement consacré à la pluie – la bruine, le chagrin, l'averse, les trombes –, et on avait vraiment la sensation d'entendre les gouttes contre les toits, de les sentir sur notre peau et même de respirer l'odeur particulière des arbres et des fleurs baignés de pluie en été.

Ce matin, comme souvent, je grimpai l'escalier en tâchant de faire le moins de bruit possible pour avoir le plaisir de la surprendre, mais sans même se retourner elle lança :

— Je t'entends ! Encore raté !

Elle travaillait dans un désordre qui m'amusait ; des feuilles de dessins s'élevaient en pyramides instables et hasardeuses, des empilements hétéroclites de disques, de livres, de petites boîtes

Barracuda for ever

tenaient en équilibre comme par magie, des photos fixées aux murs se chevauchaient les unes les autres, partout les pieds heurtaient des albums aux couvertures colorées, et je me demandais comment ce désordre pouvait aboutir à des dessins d'une telle limpidité.

— Tu vas chez Napoléon, aujourd'hui? me demanda-t-elle.

— Oui, on attaque les murs.

— Ah oui, c'est vrai, dit-elle avec un sourire amusé. Ton père n'était pas très content. Il exagère des fois, Napoléon.

Quelques jours auparavant, au magasin de bricolage où nous avions choisi du matériel, Napoléon avait fait mettre la note sur le compte de la banque de mon père. Comme ils portaient le même nom, la ruse était passée inaperçue.

— Et il va bien? demanda-t-elle.

— Grand-père? Très bien. J'ai même un peu de mal à le suivre!

Ma mère ressemblait aux personnages qu'elle dessinait: pleins de vie, de joie, insouciants des problèmes qui préoccupent ordinairement les adultes, mais également emplis d'une mélancolie tranquille et douce qui semblait ne jamais devoir les quitter; des personnages qui pouvaient passer du rire aux larmes en une seconde, le temps de tourner une page. Un jour, elle avait composé un livre dans lequel elle racontait l'histoire d'une

Barracuda for ever

petite fille atteinte d'une maladie qui l'immobilisait et qui, grâce à cette maladie, découvrait le dessin et la peinture. Et j'étais certain que c'était sa propre histoire qu'elle avait racontée là. D'ailleurs, la petite fille portait son prénom : Eléa.

Ma mère plongea son pinceau dans un bocal plein d'eau puis me dit sur un ton qu'elle essayait de rendre insouciant :

— Je sais que vous n'aimez pas trop qu'on sache ce que vous traficotez tous les deux, mais si un jour vous avez besoin d'aide, faites-nous signe. Parfois il peut arriver que...

Elle s'interrompit. Quelques secondes de silence s'étirèrent. Je compris qu'elle ne terminerait pas sa phrase. Effectivement, elle reprit son pinceau.

— C'est quoi ton histoire, là ? demandai-je.

Elle sourit malicieusement.

— Moi non plus je n'aime pas trop qu'on sache ce que je traficote. Tu la liras quand le moment sera venu.

— Bientôt ?

— Je ne sais pas.

Je m'engageai dans l'escalier, et soudain je m'arrêtai.

— Maman, il y a une question que je me pose quand même.

— Laquelle ? lança-t-elle sans se détourner de son dessin.

Barracuda for ever

— Je ne comprends pas tout à fait pourquoi Napoléon a quitté grand-mère. Elle aurait sûrement été d'accord avec le renouvellement. Et puis il a l'air de penser à elle sans arrêt. Il ne le dit pas, mais je le sens.

Son pinceau dérapa sur la feuille puis s'immobilisa. Elle attendit quelques secondes pour me répondre :

— Va aider Napoléon, mon grand. Un empereur a toujours ses raisons.

*

Quelques minutes de vélo suffisaient pour rejoindre l'autre bout de la ville où habitait Napoléon. Sa maison était bien plus petite que celle de mes parents et, avec ses volets bleus, elle faisait songer à ces cabanes de pêcheurs que l'on trouve au bord de l'océan.

Quand je suis arrivé, le salon était déjà envahi par une épaisse vapeur. Quelques jours auparavant, nous avions rassemblé les meubles au centre de la pièce. Napoléon tenait à bout de bras une décolleuse qui rugissait comme un dragon et ressemblait à Hercule terrassant l'hydre de Lerne.

De longues bandes de papier peint gorgées d'humidité pendaient le long des murs et Point à la ligne essayait de les attraper d'un coup de mâchoire.

— Ça va, mon Coco ?

Barracuda for ever

— Super. Et toi?

— Impec. Une patate du tonnerre. Je fais peau neuve moi aussi. Va ouvrir la fenêtre, on n'y voit rien.

La vapeur s'échappa vers l'extérieur. Les nuages blanchâtres se diluèrent presque instantanément dans l'air. C'était une image que ma mère aurait pu dessiner.

Napoléon débrancha la décolleuse et me lança un racloir que j'attrapai au vol.

— Bien joué! Ensuite un petit coup d'enduit et on attaque la peinture dès cet après-midi! Il ne faut jamais prendre son temps, compris, Coco?

— Compris.

— Faut foncer tête baissée. L'effet de surprise, il n'y a que ça! Toutes les batailles se gagnent grâce à l'effet de surprise! Sinon l'ennemi s'organise et c'est plus difficile.

Juché sur son escabeau, il étirait ses membres graciles de faucheux. L'odeur de colle et de papier humide prenait aux narines.

— Empereur, ô mon empereur, dis-je, Rocky, tu le connaissais bien?

Sa raclette s'immobilisa. Et pendant quelques secondes, il garda les paupières fermées.

— Rocky? Un peu… On se croisait comme ça dans les vestiaires. On s'entraînait dans la même salle. C'était un type incroyable! Il utilisait un sac rempli de courrier comme sac de frappe. Il ne savait

Barracuda for ever

pas lire, alors son courrier il ne l'ouvrait même pas. C'est pour ça qu'il disait tout le temps que plus on lui écrivait, et plus il se sentait fort. Le seul boxeur à avoir terminé sa carrière sans avoir été battu une seule fois. Pas une. IN-VIN-CIBLE, le Rocky.

— Toi, tu aurais pu le battre.

— Parlons d'autre chose, Coco!

— Et il avait des enfants, Rocky? Hein?

Napoléon nettoyait sa raclette. Il était aussi fin que les bandes de papier qui jonchaient le sol. Il leva son regard vers moi. Je me rendis compte, soudain, que le parfum de Joséphine avait fui, comme emporté par les nuages de vapeur. Je me sentis seul avec Napoléon et j'eus aussitôt honte de ce sentiment.

— Des enfants? marmonna-t-il. Je ne sais pas. Allez viens. C'est l'heure de se cultiver.

Et il lança sa raclette dans la bassine avec le geste élégant et désinvolte du joueur de basket certain d'atteindre le panier.

*

Le petit transistor grésilla pendant quelques secondes puis la voix de l'animateur se fit plus claire.

Nous aimions tout, dans ce jeu. La voix de l'animateur qui, enthousiaste comme au premier jour, entraînait le public pour annoncer avec lui

Barracuda for ever

«Le jeu des mille… EUROOOOS»! Le silence insoutenable qui suivait chaque question, les trois notes marquant la fin du temps de réflexion, et surtout l'hésitation du candidat qui devait choisir de s'arrêter ou de continuer le jeu, influencé par la foule qui hurlait:

— BAN-CO! BAN-CO! BAN-CO!

— Je vais arrêter là, disait parfois le candidat.

— Couille molle, va! lançait Napoléon.

C'était dans son taxi que Napoléon avait pris l'habitude d'écouter ce jeu. Il s'arrêtait sur le bas-côté ou sur la bande d'arrêt d'urgence, quels que soient le client chargé et l'urgence de la course.

Plusieurs animateurs s'étaient succédé pour présenter ce jeu inusable, mais mon grand-père les confondait. Et ne se souvenant plus lequel avait pris sa retraite, lequel était mort et lequel posait les questions à l'heure actuelle, il les rassemblait tous en un unique personnage: *Machin*.

Ce jour-là, Napoléon ouvrit une boîte de sardines. Il prit l'une d'elles par la queue, entre le pouce et l'index, et la proposa à Point à la ligne qui la goba d'un seul coup de mâchoire. Puis, un bout de queue dépassant de ses babines, l'animal posa son museau contre la cuisse de Napoléon. Mon grand-père écrasa les deux autres sardines sur des tranches de pain et m'en tendit une.

— J'aurais dû être cuistot, dit-il en mordant dans sa tartine.

Barracuda for ever

La première question arrivait :

— Une question difficile, attention. Pourquoi n'y a-t-il pas de prix Nobel de mathématiques ?

Les secondes s'écoulèrent.

— Réfléchissez bien, murmura l'animateur. C'est une question difficile. La réponse est inattendue…

Napoléon réfléchissait en hochant la tête.

— Tu sais, toi ? me demanda-t-il.

J'ai haussé les épaules et agité la tête de droite à gauche.

Les trois notes retentirent, graciles et implacables.

— Écoutez bien ! La femme du créateur de ce célèbre prix a eu un amant mathématicien, et c'est pour se venger qu'il a refusé de couronner le génie mathématique.

C'était le genre d'anecdotes qui mettaient mon grand-père en joie.

— Tu entends ça, Point à la ligne ? Que des branquignols, toutes ces grosses têtes !

Il tendit l'oreille, la curiosité soudain aiguisée, puis fronça les sourcils en se rapprochant encore du poste.

— Chut, dit-il.

— Mais j'ai rien dit, c'est toi qui…

— Chut, je te dis. Putain, t'as entendu ?

Barracuda for ever

J'avais entendu. Quelques jours plus tard, l'émission passerait près de chez nous. Et je savourais cette nouvelle autant que Napoléon. L'animateur continuait à vanter les incomparables mérites de notre ville.

— Ah! Sa forêt, son château, son empereur et euh… son gymnase.

— Fallait bien que ça arrive un jour, déclara mon grand-père. Il en a mis, du temps, pour se décider à venir nous voir!

Il éteignit le poste, appuya ses coudes sur ses genoux et posa son menton dans la paume de ses mains. Il avait l'air lointain et songeur.

Soudain, il me fit signe de m'approcher et me dit à voix basse:

— Tu sais, je me demande un truc.

— Ah! Et quoi?

— Je me demande si Machin est vraiment heureux. Se trimballer sans arrêt d'une ville à l'autre, sans jamais pouvoir poser son cul cinq minutes, tout ça pour lâcher toutes ces questions, tu trouves que c'est une vie?

— Peut-être qu'il aime ça, poser des questions.

— Moi, ça me gonflerait, dit-il, et lui aussi je suis sûr que ça le gave. Allez, un petit bras de fer pour se dérouiller, et on s'y remet!

Nos deux mains serrées. Les muscles qui se tendent. Fausses grimaces. Le demi-cercle de mon bras. Rien à faire. Imbattable.

Barracuda for ever

— Les doigts dans le nez! dit Napoléon. Pas demain que tu me bats.

Il se leva et se planta devant une image grossièrement découpée dans un magazine et accrochée au frigo avec deux aimants.

— C'est beau, hein, Venise, toute cette eau, les gondoles, tout ce genre de trucs…

8

Quelques jours plus tard, je surpris Napoléon dans la salle de bains en train de baigner Point à la ligne qui, noyé dans la mousse, se laissait faire docilement.

— Grand-père, tu nettoies ton chien?

— T'as le sens de l'observation, toi! Impressionnant!

— Tu le nettoies au liquide vaisselle?

— Ça marche très bien. Tu sens un peu cette odeur? Pin des Landes! D'ailleurs, j'ai terminé.

Point à la ligne sauta hors de la baignoire et disparut en laissant derrière lui une traînée de mousse.

— On continue pas les travaux? demandai-je.

Napoléon s'essuya méticuleusement les mains avant de répondre:

— On fait un break. Faut qu'on soit prêts.

— D'accord, dis-je.

Je réfléchis quelques secondes puis demandai:

— Mais prêts à quoi?

Barracuda for ever

— Prêts à frapper un grand coup. Un coup énorme. Un coup historique.

Et il cogna trois fois sous la table de la salle à manger. Comme au théâtre.

*

— Impossible que ça foire! J'ai tout calculé au petit poil, Coco. On a tout le week-end devant nous. Avec Point à la ligne, tu me seconderas.

— Grand-père, je voudrais bien savoir quelque chose.

— Vas-y, pose ta question. Faut partir sur des bases bien claires.

— Pourquoi tu veux enlever Machin?

Car c'était ça, son gros coup: enlever l'animateur. Juste avant qu'il n'arrive au gymnase.

— Pourquoi? Réfléchis un peu, Coco. Parce qu'il faut le libérer. Oui, oui, me regarde pas comme ça. Le libérer de son petit poste, là, et de toutes ces questions qu'il pose. Faut qu'on le sorte de cette taule! Qu'il vive un peu.

J'en étais soufflé. Il avait une façon tellement séduisante de présenter les choses.

— Il ne sera peut-être pas d'accord, tu sais, dis-je.

— Évidemment qu'il sera pas d'accord, sinon ça serait pas un enlèvement. Mais après, il nous remerciera.

— Si tu le dis…

Barracuda for ever

L'itinéraire, le trajet, le matos, la méthode : tout était calculé, absolument tout.

Un travail d'orfèvre dont Point à la ligne serait l'atout maître.

Mon grand-père va et vient dans son salon, au milieu des bassines et des pots de peinture, comme sur une scène de théâtre. Il s'enthousiasme, s'y croit déjà.

— On arrête sa bagnole, il sort, et là, paf, ni une ni deux, on l'emporte. En quelques secondes, on l'évapore.

— On le met où ?

— Dans le coffre de la 404.

Un grand coffre comme ça, faut bien que ça serve un jour ou l'autre. Mais un coup pareil ne s'improvise pas, il faut s'entraîner.

— Allez, Coco, on s'y met dès demain.

Puis il fait le signe de coudre ses lèvres.

— Tiens ta langue, par contre. Va pas tout faire foirer.

*

Oh oui, je la tiens, ma langue, au lasso ! Elle est bien ficelée, à la façon de ces rôtis que ma mère achète le dimanche, ligotés comme pour les empêcher de se sauver. Officiellement, je vais chez mon grand-père pour continuer les travaux et le soir, quand mes parents m'interrogent sur

Barracuda for ever

leur avancement, je leur réponds évasivement enduit de lissage et de rebouchage, ponçage au papier de verre 80 g, rechampis et marouflage. Je montre mes mains que Napoléon a badigeonnées de peinture avant mon retour. J'ai un peu honte de mentir, mais Napoléon semble accorder une telle importance à *son grand coup* que jamais je ne pourrais le trahir.

En réalité, Napoléon me conduit sur un ancien chemin de halage bien tranquille, à l'entrée de la ville, sur les bords d'un canal où stagnent quelques péniches plus ou moins abandonnées. D'après lui, pas de doute, la voiture de l'animateur prendra forcément la nationale, qui coupe le chemin où la 404 est dissimulée.

— Il vient du sud, déclare Napoléon, et va au nord en direction du gymnase. Il va pas s'emmerder le cul à passer ailleurs.

Voilà comme j'aime mon grand-père. Pas de temps à perdre en discussion. Trois jours pour s'entraîner.

— J'ai tout prévu. Au poil près.

Il pioche dans un grand sac de croquettes, claque dans ses mains, frappe du pied, disperse des croquettes sur le bord de la route, juste là où Point à la ligne doit apprendre à faire le mort.

— Un peu de sauce tomate et ça ira, m'explique Napoléon. Là, Machin sortira de sa bagnole.

— T'es sûr?

Barracuda for ever

— Certain. Un jour, il a dit qu'il avait un chien. Et qu'il adorait les chiens.

Effectivement en voilà une, de bonne raison. Napoléon voit bien que je flotte un peu.

— Maintenant, si tu doutes de mon commandement et de ma stratégie...

— Je me renseignais, c'est tout!

Il réfléchit en regardant en l'air et en se tapotant le menton de son index.

— Même que c'était le 17 janvier 1979, à Valenciennes, qu'il a parlé de son chien.

— T'as une mémoire en béton!

Pendant trois jours, je joue le rôle de l'animateur sortant de sa voiture pour porter secours à Point à la ligne qui maintenant s'allonge sur le bas-côté au doigt et à l'œil. Langue pendante, il joue le mort à la perfection.

Napoléon arrive par-derrière, m'emporte, m'écrasant la bouche de sa main. Je fais semblant de me débattre. Et en moins de deux, je me retrouve dans le coffre. Napoléon arrête son chrono et déclare :

— En dix-sept secondes, il est bouclé dans le coffre. Nickel chrome.

Puis il frappe sur la tôle de sa voiture.

— Bonne camelote, la 404.

Il y a quelque chose de troublant dans ces journées où j'aide mon grand-père à préparer son grand coup. J'ai l'impression qu'il marche sur un fil au-dessus du vide, mais on rit, on s'amuse.

Barracuda for ever

Organiser l'enlèvement de Machin devient le plus beau jeu du monde.

À midi, Napoléon ouvre une boîte de sardines. Il en lance une à Point à la ligne qui l'attrape au vol, et les autres il les allonge une à une sur la lame de son canif pour les déposer sur une tranche de pain. La mie s'imbibe d'huile et dégouline sur nos cuisses, mais ça nous fait marrer.

— Grand-père, dis-je, Machin, on le met dans le coffre, c'est bien ça ?

— T'as tout compris.

— Bon, mais ensuite. On en fait quoi ?

Il sourit de l'air entendu de celui qui a tout prévu.

— Hé hé, j'ai rien laissé au hasard, je te dis, Coco. Tout est calculé.

De l'index, Napoléon désigne une des péniches amarrées le long du canal.

— La péniche, là-bas. On le fourre dedans.

— Mais il va se sauver.

— Ça m'étonnerait. Sauf s'il aime l'eau froide. J'aurai largué les amarres.

Le rire le secoue tellement qu'il en fait tomber sa sardine.

— Euh, tu veux dire que tu...

— Parfaitement. Ça t'épate, hein ? Je me barre. Oh, pas longtemps. Quelques semaines, juste pour prendre l'air. Ça lui fera les pieds, à la couille molle ! Pour me boucler, il pourra toujours courir. Pourquoi tu me regardes comme ça ?

Barracuda for ever

— Tu sais conduire une péniche?

Il hausse les épaules.

— Peuh! Un détail! Ça doit pas être plus compliqué qu'une bagnole.

— Et où tu iras, avec Machin sur ta péniche?

— À Venise. Ça va le changer de son petit transistor. Il va enfin voir autre chose que les gradins des gymnases ou les chiottes des salles polyvalentes où on trouve jamais de PQ. Le grand air! La grande vie! J'espère seulement qu'il posera pas trop de questions.

Un sourire me vient aux lèvres. Mon imagination s'envole, je vois la péniche de Napoléon sur le Grand Canal, j'entends l'animateur qui le harcèle de questions vertes, rouges, bleues. Un grand coup, il a raison. Un banco qui restera dans les mémoires. J'aime quand il se croit plus fort que tout le monde.

Il regarde sa montre.

— D'ailleurs, quand on parle de Machin...

Napoléon cherche la bonne station sur l'autoradio. La voix de l'animateur, d'abord floue et lointaine, devient claire. Les questions s'enchaînent, molles comme de la guimauve. Peut-être que c'est vrai, il nous attend.

— Patience, mon petit pote, dit Napoléon, tu vas l'avoir dans pas longtemps ton banco. On arrive!

9

On arrive en effet. Ce mercredi, Napoléon, frais comme un gardon, jette un dernier regard à sa maison. Moi, j'ai mal dormi, j'ai les yeux un peu collés. L'impatience se mêle à une légère angoisse, je me demande si j'ai bien fait de tenir ma langue. Mais la confiance inébranlable de Napoléon balaie tout ça.

— La dernière ligne droite, Coco!

En route pour le chemin de halage, dans la 404 bourrée d'une réserve de croquettes et d'une cargaison de ketchup. Point à la ligne, à l'arrière, ressemble à une vedette américaine. Napoléon serre le frein à main, tapote la petite horloge de la 404 pour vérifier qu'elle fonctionne.

— Ça roule impec, jubile-t-il, une demi-heure d'avance.

On tourne ensemble autour de la voiture. Il vérifie les pneus en donnant un coup de pied dedans. Je l'imite. Il s'arrête devant le coffre en se tenant le menton.

Barracuda for ever

— Je me demande un truc, Coco. Un détail, mais quand même. Combien il mesure, Machin, à ton avis?

— J'en sais rien. La radio, c'est pas commode pour se rendre compte.

— T'imagines la rigolade s'il est trop grand et qu'il faut laisser dépasser les panards? Faut vérifier.

Ni une ni deux, il ouvre le coffre.

— Je vais me fourrer dedans, Coco. On va bien voir. Vite, faut se magner.

Le voilà qui enjambe le coffre. En diagonale, il tient tout juste.

— Ferme, Coco, juste pour voir comment on est, là-dedans.

Clac. Silence. Plus rien. Plusieurs secondes passent.

— Grand-père? T'es toujours là?

— Où tu veux que je sois? Parti danser le jerk? Ouvre-moi.

Je souris. Point à la ligne me regarde. Et je dis:

— Impossible. C'est toi qui as les clés.

Après quelques secondes de silence, mon grand-père lâche simplement:

— Putain de bordel de merde.

Ayant ainsi fait le tour de sa pensée, il s'énerve, se débat, trépigne, enfonce ses poings dans le coffre, rien n'y fait, il est coincé.

— On va le rater, hurle-t-il, on va le rater! On était à deux doigts du chef-d'œuvre!

Barracuda for ever

La voiture tangue. Ses amortisseurs couinent. Les minutes passent. Un quart d'heure. Une demi-heure.

— Tout était calculé au millimètre, se lamente-t-il. Maintenant c'est foutu! Banco de mes deux!

— Il va falloir appeler à l'aide! dis-je. Papa doit avoir un double des clés.

— Jamais. Tu m'entends? Ja-mais!

— Va bien falloir que tu manges.

— J'ai plein de croquettes.

De toute façon, impossible de rester comme ça. D'abord des cyclistes et des passants commencent à trouver louche de voir un enfant de dix ans parler au coffre d'une 404 Peugeot, et ensuite Napoléon se met à tousser, à râler, à étouffer.

Et puis j'ai faim, j'ai soif, j'ai peur.

— J'ai envie de pisser, finit par dire Napoléon.

Après une petite heure, on décroche le pompon : deux gendarmes ont arrêté leur voiture sur le bas-côté de la route et leurs silhouettes en uniforme se profilent au bout du chemin. Aussitôt, Point à la ligne se met sur le flanc et fait le mort.

J'informe mon grand-père qui se met à avoir un fou rire nerveux.

— Pourquoi tu te marres?

— Parce que.

— Parce que quoi?

Entre deux hoquets, il parvient à articuler :

Barracuda for ever

— Ils peuvent toujours essayer de me coffrer, c'est déjà fait!

*

Les deux gendarmes trouvent que nous avons de drôles de jeux, mon grand-père et moi, et il faut bien que je leur donne le numéro de mon père. C'est ça ou la gendarmerie.

Mon père arrive quelques minutes plus tard, brandit le double des clés et parlemente avec les gendarmes qui s'amadouent petit à petit. L'un d'eux finit par dire:

— Ah! moi aussi mon père vieillit.

Mon père donne un tour dans la serrure du coffre. Mais celui-ci refuse toujours de s'ouvrir. Pas de doute, Napoléon bloque l'ouverture de l'intérieur.

— Maintenant sors, ordonne mon père.

— Certainement pas, crie Napoléon. T'as pas du boulot?

— Si, une montagne, mais je ne partirai pas avant que tu sois sorti de là.

— Tu peux y aller, je te dis.

— J'y crois pas! vocifère mon père, je laisse tout en plan pour te sauver, et tout ce que tu trouves à me dire, c'est que je peux y aller?

Mon grand-père éclate de rire:

— Me sauver? Tu plaisantes?

Barracuda for ever

— Parfaitement, te sauver. Excuse-moi, mais t'étais plutôt mal barré.

— Je me débrouillais très bien sans toi. On jouait, c'est tout.

— Et vous jouiez à quoi là, tous les deux? Hein, si c'est pas trop indiscret?

— À cache-cache!

— À cache-cache? Dans un coffre, sur le bord du canal?

Entre-temps, Point à la ligne, voyant toute cette agitation, s'est reflanqué sur le côté.

— Et ton chien, il joue, lui aussi? demande mon père.

Puis il écrase son poing sur la tôle du coffre qui s'enfonce légèrement.

— Mais t'as quel âge, papa? hurle-t-il.

— L'âge de pisser plus loin que toi! répond Napoléon.

10

Le lendemain, il se contenta de décrocher du frigo l'image du Grand Canal.

— On va pas se laisser abattre, Coco. Venise on s'en fout, paraît que ça pue.

Il contempla attentivement la photo et d'un seul coup en fit une boule qu'il lança dans la poubelle. Puis il se munit d'une pince crocodile avec laquelle il entreprit d'ouvrir un gigantesque pot de peinture.

— Et puis tu vois, dit-il, Machin, c'est juste une voix!

Même si elle avait tourné court, cette aventure avait eu du bon. Napoléon redécouvrait sa maison comme s'il revenait d'un long voyage. Les travaux nous attendaient, les pinceaux nous tendaient leurs poils et les rouleaux ne demandaient qu'à rouler.

Une fois le pot ouvert, il en mélangea le contenu à l'aide d'un bâton.

Barracuda for ever

— Tout ça prouve une chose, Coco, dit-il. Il faut se méfier de tout et ne jamais baisser sa garde. Un moment d'inattention et t'es bouclé. Te laisse jamais enfermer!

Puis il me passa sur le visage les poils d'un large pinceau.

— Tu me chatouilles les yeux!

À travers mes paupières à demi fermées, je voyais Napoléon qui riait de sa blague. Tout en m'amusant ainsi, je décidai que ces quelques secondes resteraient à jamais dans ma mémoire.

— Et ne mégote pas, dit-il, sois généreux, mets-en une bonne dose: c'est la banque qui paie! On va passer plusieurs couches, très soigneusement. On a le temps. Pas le feu au cul. Et comme ça, on n'aura plus à y toucher pendant au moins cinq ans.

— Dix ans, même.

— Ouais, dix ans.

Il ne lui resta de toute cette aventure qu'une vague cicatrice, un pincement au cœur dont il ne parlait jamais, mais qui, je le sentais, devenait plus présent à l'heure du jeu. Le transistor resta muet pendant quelques jours. À la fin de la matinée, irrésistiblement attiré, Napoléon se mettait à tourner dans la cuisine, avançait sa main pour allumer la radio, mais il la retirait aussitôt comme s'il risquait de se brûler.

84

Barracuda for ever

— Oh et puis merde!

Et même plus tard, quand il s'est remis à écouter régulièrement son émission préférée, c'était avec une vapeur dans le regard, comme s'il naviguait en pensée sur le Grand Canal de Venise.

Entre deux coups de pinceau, Napoléon ne restait jamais muet très longtemps. Il éprouvait toujours un grand plaisir à me raconter pour la millième fois comment il était devenu *taximan*. Il avait fallu que le hasard s'en mêle.

— Un jour, je revenais de la salle Wagram où Villemain s'était laissé étendre. Il était très tard, au moins 2 heures du mat. Je me suis arrêté à un feu rouge. J'avais pas envie de rentrer, tu vois… Et là, boum, une dame tape contre la vitre et me demande si je suis libre. Toute jeune, toute mignonne. Moi je dis oui. Ben quoi? J'étais libre comme l'air. Et hop, elle ouvre la porte arrière. Elle s'appelait Joséphine.

Napoléon avait considéré que c'était là un signe du destin. Sa deuxième vie serait celle d'un *taximan* marié.

— Quand tu veux changer de vie, pas la peine de gamberger pendant des siècles. J'ai remisé mes gants dans la boîte à gant, et *avanti*! Le monde que j'ai transporté, mon Coco, t'as pas idée! Des riches, des pauvres, des bavards, des muets, des jeunes, des vieux, des tristes, des gais. Des sympas,

Barracuda for ever

des emmerdeurs diplômés. Et des cons. Toutes sortes de cons.

Ce qu'il aimait, surtout, c'était recevoir de la part de ses passagers les confidences qu'ils ne pouvaient faire à personne d'autre, et avoir ainsi l'impression de les connaître mieux que personne.

— J'ai transporté des hommes qui venaient d'être papa, ou qui entraient à l'hôpital, d'autres encore qui partaient au bout du monde pour fuir la justice. Certains riaient, d'autres pleuraient.

Au début, des voyageurs le reconnaissaient. Ils l'avaient vu combattre ici ou là. Ou avaient remarqué sa photo dans les journaux. Il signait un autographe. On l'interrogeait sur son étrange défaite face à Rocky.

Le monde de la boxe lui manquait un peu, mais il considérait que la disparition de Rocky était un signe. Lui aussi devait raccrocher les gants. Et ce jour-là, dans les effluves de peinture, il ajouta :

— Tu comprendras un jour, Coco. Je dois à Rocky mes plus grandes joies dans cette vie.

De quelles joies parlait-il ? Il avait pris cette voix particulière qui interdisait de poser davantage de questions.

— On est trop sérieux, dit-il, mets-nous un peu de musique, mon Coco, pour la gaieté. C'est

Barracuda for ever

important de travailler dans la joie et la bonne humeur. Surtout quand on commence une nouvelle vie.

J'ai allumé le transistor, la voix de Claude François a jailli au milieu des pots de peinture.

> *Je suis dans ta vie*
> *Je suis dans tes bras*

Napoléon commença à fredonner les paroles tout en passant son pinceau en rythme. Il le trempait dans l'énorme pot toutes les quinze secondes en se déhanchant un peu. Il préparait quelque chose. Et d'un seul coup, c'est arrivé! Il pivota sur lui-même pour se planter solidement sur ses deux jambes écartées, avant de balancer le pinceau qui décrivit une série de spirales à travers la pièce. Tête rejetée en arrière, il enchaîna alors toutes sortes de moulinets avec ses mains, dressa les bras vers le ciel, agita ses coudes comme s'il cherchait à s'envoler. Il levait une cuisse, gigotait de l'autre, sautait sur place, tortillait son derrière avant de le projeter en arrière. C'était une jolie Claudette poilue du torse aussi gracieuse qu'un hippopotame.

— Regarde, Coco, t'as vu un peu!

Il roulait des épaules, levait le menton, avançait, reculait et terminait par un tourbillon sur place.

Barracuda for ever

J'ai plus d'appétit
Qu'un barracuda

— *Barracuda…* reprenait Napoléon en chœur en ouvrant un bec énorme et en suivant des yeux la courbe imaginaire du soleil.

Je restai muet d'admiration. Tout en muscles, sec comme un grand insecte, il virevoltait, frappait du talon contre le sol, nouait ses mains dans le dos avant de les déployer en l'air.

— Tu danses super bien! Où t'as appris ça?

— À Broadway!

Il prit quelques secondes pour remonter son jean au-dessus du nombril et ajouta:

— Attends le refrain, t'as rien vu!

Il arrivait, le refrain, sur le toboggan des pyramides, et Napoléon leva les bras pour les balancer de droite à gauche, comme pour un adieu, sur l'éternelle mélodie des sirènes d'Alexandrie.

— Wowowowo! reprenait-il en écho

— T'es doué, grand-père, hurlai-je en éclatant de rire. C'est toi, le sacré Barracuda! T'es le champion, t'es l'empereur et personne ne t'aura jamais.

À ce moment-là, comme je devais bientôt le raconter à Alexandre, j'avais vraiment le sentiment de me trouver face à quelqu'un d'éternel. Quelqu'un qui toujours m'accompagnerait. Quelqu'un qui toute ma vie me battrait au bras

Barracuda for ever

de fer. Napoléon faisait partie de ces êtres dont il est simplement impossible d'imaginer l'absence.

Soudain, je m'immobilisai.

— Attends… hurlai-je. Fais gaf…

Trop tard. Entièrement absorbé par ses figures de plus en plus audacieuses, Napoléon avait posé le pied sur une bande de papier peint barbouillée d'un mélange de colle humide et de peinture. Il dérapa comme sur une patinoire, achevant sa course contre les meubles rassemblés au centre de la pièce.

Claude François, imperturbable, continuait à beugler :

> *Ce soir j'ai de la fièvre et toi tu meurs de froid*
> *Ce soir je dans', je dans', je danse dans tes draps[1].*

Mais grand-père, lui, gesticulait sur le dos comme un cafard qui ne parvient plus à se remettre à l'endroit. J'ai éclaté de rire pour aussitôt me rendre compte que ce rire sans timbre résonnait de façon lugubre dans la pièce.

— Ça va, grand-père ?

---

1. « Alexandri Alexandra », composition : Claude François et Jean-Pierre Bourtayre, paroles : Étienne Roda-Gil, *Magnolias For Ever*, Disques Flèche, 1977.

Barracuda for ever

— M'appelle pas comme ça.

Comme l'arbitre qui compte sur le ring, je scandai :

— 1... 2...

— Arrête, bonhomme, c'est à moi de compter.

— Compter quoi ?

— Mes os. J'ai l'impression d'en avoir perdu la moitié. De l'extérieur, j'ai l'air entier ?

— Je crois, oui.

Barracuda... beuglait encore Cloclo.

— Tu veux pas lui clouer le bec à ce grand con de Cloclo ? Il nous emmerde avec son barracuda.

Le silence revint. Grand-père avait l'air vraiment mal en point. Il serrait les mâchoires et laissait échapper de plaintifs petits gémissements.

— Attends, Coco, aide-moi à me relever. Ne laisse pas tomber ton empereur. Il traverse une mauvaise passe. L'ennemi nous a pris par surprise. Tu vois, un moment d'inattention et...

— On prendra notre revanche.

— T'as raison, ne cédons pas au pessimisme. On n'est pas des couilles molles.

J'ai essayé de le hisser mais il était trop lourd et j'avais peur de le casser en mille morceaux. Au sol, il semblait minuscule, à peine plus grand qu'un enfant.

— Tire sur le pot de peinture. Je voudrais récupérer mon panard.

Barracuda for ever

Sur le coup, je n'avais pas remarqué que pour tenter de retrouver son équilibre, il avait plongé son pied dans le pot de peinture où il s'était coincé. J'ai saisi le pot à deux mains pour le tirer de toutes mes forces, mais rien à faire, c'est Napoléon qui venait tout entier.

— Bon, Coco, qu'est-ce qu'on fait dans ce genre de situation?

— Normalement, mon empereur, on compte sur ses alliés.

À son regard et ses sourcils froncés, j'ai compris qu'il essayait de rassembler tous ceux qui pouvaient lui venir en aide. Mais la cour était vide. Tous ses copains étaient partis. Il finit par déclarer avec embarras:

— *Lui*, tu crois? La couille molle?

— Je vois pas beaucoup d'autres solutions.

— Tu me vois l'appeler au secours? Moi?

Une lumière sinistre baignait la maison. Ainsi en travaux, avec les murs à moitié barbouillés de peinture et le sol jonché de papiers et de morceaux de plâtre, elle paraissait abandonnée. Joséphine semblait l'avoir quittée depuis des siècles. Le jour baissait et de grandes ombres tournaient comme des fantômes autour de la maison.

— Qu'est-ce qu'on fait, mon empereur? On appelle papa? Des fois, il faut savoir mettre sa fierté dans sa poche.

Barracuda for ever

— Apporte-moi plutôt un verre d'eau, ça sera plus utile et j'y verrai plus clair après.

Il but un bon coup, mais ça n'allait pas mieux.

— Quel con ce Cloclo! C'est sa faute. Barracuda mon cul!

Il était tout pâle à présent, son front se couvrait d'une pellicule de sueur.

— Tu souffres? demandai-je.

— Absolument pas. Par contre, je crois que j'ai la colonne en morceaux, mon Coco. Si tu vois une vertèbre quelque part, mets-la de côté, c'est à moi!

J'ai fait semblant de chercher autour de moi, puis je me suis assis sur une marche de l'escabeau.

— Pourquoi tu veux pas l'appeler?

— La couille molle? Encore?

— Qu'est-ce que ça te coûterait? Parce que là, on est tombés dans une embuscade et je crois qu'on va avoir besoin de renforts.

— Mais non, dans un quart d'heure je suis debout. Et ce soir on va au bowling!

— J'ai une idée, alors, on tire à pile ou face.

— D'accord, dit-il, pile on l'appelle pas, et face... on l'appelle pas non plus!

Il éclata d'un rire qui se métamorphosa presque aussitôt en marmonnement:

— Pour qu'il me déporte dans une de leurs maisons toutes équipées... Je sais bien qu'il se

Barracuda for ever

renseigne… Tu sais comment il est, il prend son temps, il fait ça avec méthode. Et si je fais pas gaffe, un jour: clac! Il me harponnera. Sans même avoir le temps de dire ouf, je me retrouverai dans un de leurs camps pour vieux où ça sent le slip. Pas envie de me retrouver avec des vieux. Je resterai ici et je me débrouillerai tout seul. Tout seul avec mon fidèle aide de camp, jusqu'à… Jusqu'à…

— Jusqu'à?

— Jusqu'à ce qu'on arrête de me faire chier, voilà. Où tu vas?

— Aux cabinets, bouge pas.

— Dommage, je comptais aller en boîte!

Je ferme la porte sur notre époque. J'entends le souffle court de Napoléon. J'entends les cris de la foule. Les poings qui cognent contre la peau. Qui s'enfoncent dans le vide. Les chaussons qui caressent le sol. Je regarde Rocky dans les yeux. Je le connais depuis que je suis tout petit. J'ai l'impression qu'il me parle. Je ne crois pas que le match était truqué. Je crois que Napoléon a flanché. Mais Napoléon ne peut pas flancher. Napoléon se bat jusqu'au bout. Napoléon n'abandonne pas. Napoléon est mon empereur et moi non plus je ne l'abandonnerai jamais. S'il me ment, c'est qu'il a ses raisons, je l'aime lui et son mensonge. Je voudrais que Rocky m'explique.

Barracuda for ever

— Ah, te revoilà! s'écria Napoléon, j'ai cru que t'étais tombé dans le trou. Une crevette comme toi, ça serait pas étonnant.

Je m'accroupis à côté de lui.

— Empereur, ô mon empereur, on s'en sortira pas tout seuls! Faut appeler de l'aide.

Il me jeta un regard noir qui me mordit à la gorge.

— J'ai peur, grand-père, murmurai-je. Peur pour toi.

Il sourit avec tant de tendresse que je crus que j'allais fondre en larmes. Il grommela entre ses dents:

— Tu as raison, un bon soldat doit savoir avouer sa peur. Appelle-le. Mais essaie de préserver la dignité de ton empereur. On bat en retraite provisoirement, c'est tout. J'appelle pas au secours, je me déculotte pas, je propose une alliance.

— Évidemment. Une alliance stratégique.

— Ouais, pas mal, ça, une alliance stratégique. On endort l'adversaire, on l'enfume; on en reviendra encore plus forts! Tu connais Joe Louis?

— Non.

— Un Américain. C'était son truc, à lui. Il faisait celui qui flanche pour endormir l'adversaire.

Barracuda for ever

— Eh ben nous on va faire pareil !
— Ouais ! On va endormir la couille molle !

*

Mon père décrocha immédiatement, à peine surpris.

— J'arrive, dit-il dans un soupir.

Comme si, déjà habillé et clé de contact en main, il attendait ce coup de fil. Pendant la demi-heure que lui prendrait sans doute le trajet, j'ai cherché à savoir pourquoi Napoléon et mon père s'étaient tant éloignés au cours des années. Je m'attendais à ce que mon empereur refuse de me répondre, mais il semblait bien disposé malgré la situation :

— J'ai voulu en faire quelqu'un de bien, j'aurais aimé qu'il prenne les choses au sérieux, mais tu l'aurais vu sur un ring, c'était à crever de rire... Il restait comme ça, les bras le long des cuisses, à regarder autour de lui... Tout le monde se marrait. La honte que je me tapais !

— Tu voulais qu'il te ressemble ?

Il hésita quelques secondes avant de me répondre.

— Non, dit-il, je ne voulais pas qu'il me ressemble, mais quand même pas non plus qu'il soit si différent ; il ne s'intéressait qu'à des choses bizarres, au calcul, à la chimie, à la

Barracuda for ever

littérature. Et aux timbres! Il y en avait partout! Et tous ces livres qu'il avalait, nom de Dieu! Je savais même pas qu'il y en avait autant, des bouquins. Pendant que j'allais faire mon tiercé au PMU, eh ben il fallait le laisser à la bibliothèque, tu vois le genre. Il n'était pas bien vif, il ne se battait jamais mais pourtant dès qu'il avait des devoirs à faire, il se jetait dessus avec une rage... Je l'emmenais aux matchs de boxe, mais il s'endormait dès le deuxième round, et quand il se réveillait il se mettait à chialer en disant qu'il avait de la géométrie en retard. On aurait dit qu'il avait dressé une liste de tout ce qui pouvait me faire plaisir et me rendre fier, uniquement pour faire exactement l'inverse. En fait c'est de ma faute, Coco.

— De ta faute?

— Oui, il a mal tourné. J'aurais dû mieux surveiller ses fréquentations, être plus autoritaire. Heureusement, tu devrais mieux t'en sortir que lui, paraît que ça saute une génération, ce genre de galère.

La douleur lui arracha une plainte, puis il leva un sourcil:

— Tu as combien en calcul?

— En calcul? 3/20, grand-père.

Il dressa un pouce en l'air.

— Ta dernière dictée?

— Trente-sept fautes sans compter les accents!

Barracuda for ever

— Non ? Tu te vantes, là !

— Non, grand-père, je t'assure !

— Tu es régulier dans tes devoirs ?

— Oui, grand-père, super régulier : je les fais jamais.

— Et du côté des punitions ?

— Une demi-douzaine depuis le début de l'année.

— Pas mal, mais tu peux mieux faire. Tu fais signer tes cahiers ?

— Jamais, grand-père.

— Tu utilises quelle technique ?

— Un calque où j'ai repiqué la signature de maman.

Mes mensonges l'amusaient. Y croyait-il ? Peu importe !

— T'es mortel ! hurlai-je.

— Sans blague ? grommela-t-il.

Il se renfrogna.

— Mon empereur, dis-je, raconte-moi encore…

— Encore cette histoire…

— Allez…

— Mais ça fait au moins cinquante fois… Bon, alors voilà… mais c'est la dernière…

À une époque que je ne parvenais pas bien à déterminer, mon père avait pour habitude de se produire devant un large public de professionnels. Au cours de ces conférences, il était question

Barracuda for ever

de chiffres, de pourcentages, de courbes, d'investissements…

— Ce style de trucs, Coco, pas folichon du tout! À chialer, même!

Grand-père lui avait offert une belle cravate noire pour son anniversaire et mon père avait vu dans ce geste une tentative de réconciliation.

— Merci, papa, avait-il dit très ému, je vais la mettre dès demain, j'irai à ma conférence avec.

— Eh bien je viendrai t'écouter.

— C'est vrai, papa?

Sans doute était-il heureux de voir que Napoléon prenait enfin son métier au sérieux. Mais il s'agissait d'une de ces cravates *farces et attrapes* qui dans l'obscurité laissent apparaître une femme nue fluorescente, tendre comme une sirène. Papa s'était taillé un succès ironique parmi la foule de banquiers et de gens distingués qui étaient venus l'écouter. Il y avait eu un murmure dans la salle, et puis un grand éclat de rire. Et il était devenu pour tous le banquier à la cravate fluo.

Papa était rentré furax comme un taureau, prêt à tout casser.

— Cette fois-ci, tu m'as humilié! C'est fini.

— Humilié, tout de suite les grands mots, avait dit Napoléon. Pour une fois que tu auras fait marrer quelqu'un!

Barracuda for ever

Cette histoire produisait chez moi une sorte de malaise triste. Pourtant, je ne pouvais pas m'empêcher de la demander et la redemander encore. J'imaginais la joie de mon père à l'idée que Napoléon accepte enfin de s'intéresser à son univers, sa honte devant son public et sa déception. Et mon cœur se serrait pour lui.

Ce jour-là, peut-être parce que je sentais que cette journée marquait une étape importante dans nos vies, je demandai à mon empereur :

— Mais en réalité, pourquoi tu lui as fait cette farce ?

— J'ai mes raisons, me répondit-il sèchement. Après cette histoire, j'ai abandonné. J'ai compris que c'était foutu, que j'avais tout raté.

— Tout, quoi ?

J'ai cru qu'il allait éclater en sanglots. Le bruit d'un moteur. Une porte qui claque.

— Tiens, le voilà, a murmuré Napoléon. Pour me voir au tapis, ça, il n'attend pas.

*

— Et alors après, comment ça s'est passé ? me demanda Alexandre au comble de l'excitation. Raconte, allez raconte !

— On l'a accompagné à l'hôpital. Il ne voulait pas rester, tu l'aurais entendu gueuler dans les

Barracuda for ever

couloirs! Il hurlait qu'il avait juste besoin de deux aspirines.

— Et en réalité, c'est grave?

— Colonne vertébrale cassée. Mais lui, il veut rien savoir, il dit que c'est un lumbago et que mon père a tout manigancé en payant les médecins pour le boucler.

— Et tes devoirs, tes notes, tes punitions, c'est pas vrai, hein?

— Non, c'est pas vrai, au contraire. Ce que j'aime, c'est, quand j'ai terminé un devoir, le barrer dans mon cahier de texte. Mais quand je suis avec Napoléon, tu vois, c'est comme si j'étais un autre. Comme si je lui ressemblais. J'ai envie d'être libre et de courir vers l'aventure. J'ai l'impression que ça lui fait du bien de savoir que je lui ressemble, que ça lui donne de l'espoir.

— Et Point à la ligne?

— Point à la ligne, il est chez moi. On n'allait pas le laisser tout seul! Ma mère le dessine, elle dit que c'est un modèle très patient.

Il s'arrêta, plongea sa main dans la poche de sa veste. Il portait toujours les mêmes vêtements: même veste de velours, même pantalon usé aux genoux, mêmes vieilles baskets aux semelles rabotées, et je devinai que sa famille ne devait pas avoir beaucoup d'argent.

— Tu as bien raconté, me dit-il, prends une autre bille.

Barracuda for ever

Puis son regard plongea vers le sol. Près de sa vieille basket se promenait un petit insecte qu'il saisit entre deux doigts.

— Le pauvre, dit Alexandre, il se débat, il est tout seul. N'importe qui peut l'écraser à n'importe quel moment.

Lettre de grand-mère

Mon grand garçon,

Mon grand, ça fait un petit moment que je suis partie et j'ai décidé de te donner de mes nouvelles par écrit, au téléphone c'est pas pratique, il y a des tas de choses qu'on oublie, après avoir raccroché on se dit toujours tiens, j'aurais dû dire ça, ça et ça, et puis écrire ça passe le temps, c'est vrai faut choisir les mots, chercher le timbre et l'enveloppe, et courir à la boîte aux lettres, c'est presque un sport complet, mais par contre tu verras j'ai des problèmes avec la ponctuation, mes points sont pas au point du tout, mais tu comprendras quand même, pareil pour les fautes, essaie de pas les voir

Il faut dire que j'ai du temps, énormément de temps, je sais même plus quoi en faire, si je pouvais revendre tout le temps que j'ai en trop je serais millionnaire, les premiers jours je me suis pas rendu compte que j'aurais tout ce temps à dépenser, c'était même le contraire, j'avais pas une minute à moi, je courais partout, fallait installer

Barracuda for ever

la maison, ranger toutes mes petites affaires, planter des trucs dans le jardin et en arracher d'autres, j'avais même pas le temps de penser, ni à ton chameau de grand-père, ni à vous, ni à personne, même pas à moi.

Au bout d'une semaine il n'y avait plus rien à faire, j'ai commencé à avoir un cafard en béton, je me levais avec et je me couchais avec, entre-temps je pleurais sans arrêt à cause des souvenirs qui sont de grands ennemis quand on est tout seul, et de grands amis quand on est deux, je pleurais tellement que je croyais qu'il pleuvait, alors il a fallu que je me secoue,

Ton grand-père tu vois c'est un type qu'on n'oublie pas comme ça rien qu'en claquant des doigts, quand on a vécu toute sa vie avec un ouragan ça fait tout drôle quand ça s'arrête, faut constater les dégâts et entamer les réparations, y a des fissures partout,

Malgré qu'il est plutôt du genre fatigant et vieil égoïste, c'est un type qu'on peut pas s'empêcher d'aimer pour la vie, et puis faut pas croire, moi je sais très bien ce qu'il a dans sa tête toute fêlée, et un jour tu le sauras aussi.

Alors j'ai mis le nez dehors, j'ai essayé de retrouver les copines d'autrefois, la plupart étaient parties je sais pas où, j'en ai retrouvé 3 au cimetière, pas pratique pour la conversation, finalement il m'en reste juste 2 dans les parages, justement les deux plus coriaces de la terre, celles que je ne pouvais pas supporter à l'école, j'ai commencé à aller boire le thé chez elles, il y en a une qui pète tout le temps, toutes les deux minutes je te jure, je pouvais plus me retenir de rire, et entre deux prouts elle dit du mal de la terre entière, des hommes, des femmes, des vieux, et même des animaux, et l'autre pendant ce temps, elle pousse une sorte de hennissement toutes les 10 secondes en disant : « Je mangerais bien une blanquette. » Elle pense qu'à bouffer, celle-là, la

Barracuda for ever

blanquette aux prouts, j'en avais marre, alors j'ai décidé de ne plus y aller.

À propos d'animaux, pour m'occuper je me suis mise au tiercé, je remplis ma grille tous les matins devant un café crème, jamais j'aurais cru que je ferais ça un jour, j'y connais rien, aux chevaux, je remplis au hasard, pour l'instant, ça n'a rien donné; hier j'ai voulu acheter un journal spécialisé pour trouver des renseignements, genre le tiercé pour les nuls, j'en ai pioché un sur le présentoir, et une fois à la maison j'ai voulu l'étudier, mais ce n'était pas du tout un magazine de courses, ça n'avait même rien à voir, c'était un journal que quelqu'un avait dû replacer au mauvais endroit et qui contient des petites annonces, des petites annonces pour trouver un compagnon, pas un chien, non, un homme, d'abord j'ai voulu le rapporter, moi c'est un cheval que je cherche, pas un bonhomme, mais j'ai eu le malheur de lire la première annonce, et puis la seconde, et à minuit j'y étais encore. Des vieux, des jeunes, des petits, des grands, des riches, des pauvres, de tout il y a, qui disent pour se faire adopter: je suis comme ci, je suis comme ça, j'aime bien ci, et je déteste ça, t'imagines pas, quand t'as mis le nez là-dedans t'en sors plus, t'es comme hypnotisé. C'est un truc qui sort tous les mardis. Et justement, demain c'est mardi.

Je t'embrasse très fort
Ta grand-mère qui t'aime

PS: Si ce chameau de Napoléon te demande si tu as de mes nouvelles, sois assez gentil pour dire que non, je sais bien qu'un jour il me rappellera mais je préférerais

Barracuda for ever

que ça soit pas dans un siècle sinon on n'aura plus grand-chose à se dire

PS 2 : je trouve ça chic de mettre un p.-s.

PS 3 : Si tu rencontres celui qui a inventé les points, tire-lui la langue de ma part.

11

La chambre de Napoléon était située au dernier étage de l'hôpital. Par la fenêtre qui ne s'ouvrait pas, on pouvait voir un large panorama. Une ligne de train suivait les berges de la Seine qui déroulait ses méandres entre des collines tapissées d'arbres. Plus loin, dans l'horizon brumeux, on devinait les pistes d'un aéroport vers lesquelles défilaient continuellement des avions qui brillaient dans le ciel.

Mon père avait payé un supplément pour que Napoléon soit seul et il avait aussitôt fait brancher la télévision. Dès son arrivée, il lui proposa d'appeler Joséphine.

— Si tu la préviens, je te conseille de courir vite. Décidément toi, t'es pas fort en grand-chose, mais pour m'humilier, là, t'es champion! Dès que tu me sens diminué, les idées te viennent. Un truc de chacal.

Je lui rendis visite le lendemain de son installation, et sans même me saluer il me dit :

Barracuda for ever

— Dès qu'il est question de me réduire au silence, ton père est toujours premier. Pendant la guerre, il m'aurait dénoncé à la Gestapo, je suis sûr.

— T'as fait la guerre ?

— Pas du tout. J'étais en Amérique quand elle a été déclarée, alors j'y suis resté. Pas fou. Je m'en foutais bien de leurs petites histoires. J'aime bien la castagne, mais entre gentlemen.

— C'est là-bas que tu as connu Rocky ?

— Oui, au début de la guerre. On s'entraînait dans la même salle.

Il était si mince qu'il se confondait avec le drap. Mais il était très beau, avec ses cheveux blancs très épais. Il tourna la tête sur le côté vers la fenêtre.

— Tu vois, Coco, quand on a un peu vécu, comme moi, je ne dis pas quand on est vieux, hein, mais quand on a atteint, disons, une certaine maturité, plein de choses paraissent vraiment bizarres.

Son bras se tendit en direction de la fenêtre, donnant l'impression de se lever indépendamment, comme tiré par un système de poulies caché dans le plafond.

— Ces trains qui circulent sans arrêt... Ces péniches qui passent toutes les cinq minutes, ces avions à la queue leu leu, et tout ce trafic de bagnoles... Bon sang, je me demande bien

Barracuda for ever

pourquoi les gens se déplacent comme ça. Qu'est-ce qu'ils ont de si urgent à faire, tu sais toi, Coco?

— Non.

Cette constatation le rendait mélancolique. Quand il était *taximan*, déjà, il aimait observer ses passagers, imaginer leur vie et les raisons de leurs déplacements. Chaque année, le jour de mon anniversaire, il m'emmenait dans son taxi dont il allumait la borne.

— Vous êtes libre? finissait-on toujours par lui demander.

— Oui, et vous? répondait-il.

Cette question plongeait le voyageur dans une stupéfaction qui mettait longtemps à se dissiper. Pendant la course, protégés par l'espéranto, nous échangions des hypothèses sur le client que nous venions d'embarquer. D'où sortait-il? De chez sa maîtresse? Et celui-là, quel métier faisait-il? Croque-mort? Vendeur de parapluies? Comment savoir?

Le compteur hors d'usage restait bloqué sur 0000 alors Napoléon donnait des tarifs totalement fantaisistes. Les clients ne bronchaient jamais. J'empochais la course.

— Pour ton anniv'!

Il nourrissait une espèce de haine pour ce compteur à présent détraqué. Pendant des années, il l'avait docilement remonté et le tic-tac l'avait

Barracuda for ever

rendu fou. Il avait l'impression que cette machine idiote comptait le temps.

— Un jour, je lui ai foutu un coup de tatane, t'aurais vu, il a pas moufté. Te laisse jamais avoir par les compteurs. Détraque-les tous. Sinon ils te bouffent la vie.

La seule chose qu'il regrettait était de n'avoir jamais eu de Point à la ligne à côté de lui, à la place du passager. D'ailleurs à l'hôpital, Point à la ligne se mit à lui manquer.

— C'est comme ça, lui dit mon père, pas la peine de te fâcher, les chiens sont interdits de visite.

— La senkojonulojn oni pli ĝuste malpermesu! (C'est les couilles molles qu'on devrait plutôt interdire!)

— Qu'est-ce qu'il dit? demanda mon père.

— Oh rien, répondis-je, seulement que c'est pas grave.

Dès le lendemain, pour le distraire de sa mélancolie, j'apportai à Napoléon les dessins que ma mère avait faits de Point à la ligne. Il posait, de profil. Il avait l'œil ironique et donnait l'impression de se retenir de sourire. On aurait juré qu'il allait se mettre à aboyer et ses moustaches à frétiller.

— Heureusement que tu es là, Coco. Tu as vu, on dirait que Point à la ligne va remuer la queue. Tu veux que je te dise? Ton père ne la mérite pas.

Barracuda for ever

— Qui ?

— Ta mère. Si j'avais eu une fille, tiens, j'aurais bien aimé qu'elle lui ressemble. D'abord elle parle pas beaucoup, ce qui est rare et appréciable chez une femme. Et puis ses dessins... Pas besoin de mots quand tu dessines comme elle. D'ailleurs on cause toujours trop. Elle l'a bien compris, elle.

*

Quelques jours passèrent encore et bientôt les dessins ne suffirent plus, il voulut le voir.

— Même de loin, je t'en prie. Je n'ai que toi. Exactement, que toi. Tu es mon seul allié.

Je pris donc l'habitude de venir avec Point à la ligne et de le promener sur le parking. Alexandre Rawcziik m'accompagnait. Un jour, il s'amusa à coiffer Point à la ligne de sa casquette, et je crois bien que c'est la première fois que je l'entendis éclater de rire. Un rire franc et clair qui montait très haut dans le ciel.

Depuis son lit, tout près de la fenêtre, Napoléon pouvait suivre les évolutions de son animal. Point à la ligne se lassait rapidement du morne paysage du parking et finissait par y déposer une crotte. Il levait le museau comme s'il cherchait la fenêtre de son maître. Puis il regardait les avions qui descendaient dans le lointain. Et

111

Barracuda for ever

si une voiture arrivait, il se couchait aussitôt sur le flanc.

*

Au bout d'une dizaine de jours, on l'installa dans un fauteuil roulant. La mélancolie qui l'habitait depuis son arrivée laissa place à la révolte qui était le fond de son caractère. Il tournait dans sa chambre comme un lion en cage en se plaignant de tout. De la nourriture aux programmes télé, tout y passait :

— Mon Coco, ça sent le slip ici ! Et puis l'interne de service il pue du bec comme pas permis, jamais vu ça, c'est presque une performance. Quand il sourit, on dirait qu'il pète. Il devrait s'inscrire à des concours. Et puis alors les programmes télé ! Plus de doute, ils m'ont branché sur une chaîne spéciale pour me faire crever d'ennui : pas un western, pas un match de boxe, pas une rétrospective de bowling, pas une seule bagnole, pas une fille à poil. Que dalle ! Ça parle que d'économie, que de crise, que de bourse ! Télé de couilles molles !

D'après lui, dirigé par mon père, le service de l'hôpital le retenait de force.

— Ils auront tous ma peau prématurément, mon Coco, soupira-t-il. D'ailleurs, ils ont commencé. Tu sais quoi ? Ils m'ont mis au régime !

Barracuda for ever

— Les salauds, répondis-je.

— Plus de saucisses, tu te rends compte? Tout ça pour un lumbago.

— Une fracture, grand-père, et des vertèbres, en plus.

— C'est pareil. Ils vont me déporter pour un malheureux lumbago, je te dis... Me soigner? Mon cul! Ils me bouclent! Ton père, il joue la montre pour la trouver, sa maison pour les vieux. Je suis certain qu'il a une pile de prospectus classés par ordre de prix. Et puis s'ils voulaient me soigner, ils ne me priveraient pas de saucisses.

Il adorait les petites saucisses cocktail orange attachées ensemble. Il me lança un clin d'œil enjôleur.

— Peut-être que tu peux faire quelque chose? Un geste humanitaire, quoi, une petite douzaine de saucisses.

— Promis. En attendant, c'est quand même grave, faut t'économiser!

— Tu crois que Rocky, il s'économisait, lui? Et qu'il quittait le ring en se laissant abattre par un vulgaire lumbago? Non, non, il se battait jusqu'au bout. Comme ça, paf paf paf.

Pendant ce séjour, je compris qu'il avait beaucoup mieux connu Rocky qu'il ne l'avait laissé entendre jusque-là. Ils avaient même partagé une chambre pendant la guerre, quand Napoléon était bloqué de l'autre côté de l'Atlantique. Ils

Barracuda for ever

dormaient sur des lits superposés. C'était amusant de les imaginer l'un au-dessus de l'autre.

Les parents de Rocky étaient arrivés d'Italie en Amérique dix ans avant sa naissance. Ils étaient nés dans la misère, avaient vécu dans la misère, et étaient morts dans la misère. Leur seule joie avait été la naissance de leur fils et leur seule victoire celle contre une pneumonie dont Rocky avait failli mourir à un an.

Napoléon pensait que Rocky tirait son inépuisable énergie de vaincre dans le souvenir de la misère de ses parents et de cette maladie qui avait failli le terrasser. Comme si sa vie ne devait être qu'une interminable vengeance.

— C'est cette pauvreté et cette maladie qui ont fait de lui un Rocky. Son vrai nom était Roberto.

Et pour résumer ce qui le liait à Rocky, il murmura un jour :

— Ce qu'un boxeur peut donner à un autre boxeur, tu sais, Rocky me l'a donné.

Je n'osais pas trop demander ce qu'il entendait par là, mais je pensais la même chose : tout ce qu'un grand-père pouvait donner à son petit-fils, Napoléon me le donnait. D'ailleurs, comme s'il suivait ma pensée, il me dit :

— Merci, mon Coco, sans toi je ne sais pas ce que je ferais ! Je ne sais pas ce que l'empire deviendrait. Tiens, mets-nous le transistor, on va se cultiver. Ça peut quand même pas faire de mal.

114

Barracuda for ever

La voix de l'animateur nous parvint clairement, limpide, apaisante. Dans mille ans, sans doute, la même voix encourageante poserait toujours les mêmes questions. Je guettais la réaction de Napoléon. Son sourire était un peu flou.

— Question bleue. Jusqu'à quel âge a vécu Victor Hugo?

On entendait les candidats qui murmuraient sans parvenir à se décider.

L'animateur leur souffla:

— Il a vécu longtemps, notre cher Victor Hugo…

— Soixante-quinze ans! tenta un des candidats.

Napoléon se mit à fulminer:

— C'est ça qu'il appelle longtemps, cette andouille?

— Eh non, quatre-vingt-trois ans… Victor Hugo était un très vieux monsieur…

Le public applaudit.

— Éteins-moi ça, rugit Napoléon. Très vieux… n'importe quoi! Un gamin! Il devait avoir une santé fragile. Parfois il mérite des baffes, *Machin*! Ça lui aurait fait du bien de voyager. Il commence à sentir le renfermé.

La porte s'ouvrit, poussée par une infirmière précédée de son petit chariot de soin. Pansements, compresses, thermomètre.

— L'heure des soins! claironna-t-elle.

Barracuda for ever

— Tu parles de soins, marmonna Napoléon. Elle va encore vouloir me refiler un suppo.

Il dirigea son fauteuil vers le cabinet de toilette.

— Où est-ce que vous allez? demanda l'infirmière.

— Pisser. C'est interdit ça aussi?

À peine de retour, il déclara à voix haute:

— Je vous préviens, mon aide de camp ne sort pas de la chambre. Si vous aviez l'intention de m'empoisonner en loucedé, c'est raté.

La dame haussa les épaules et prépara des pilules de toutes les couleurs qu'elle lui proposa accompagnées d'un verre d'eau et d'un sourire. Puis, profitant d'un moment d'inattention, elle lui planta le thermomètre dans la bouche.

— Normalement, me murmura-t-elle, c'est pas dans la bouche, mais au moins il se tait pendant quelques minutes. C'est un agité, ton grand-père, il porte drôlement bien son nom.

Napoléon roulait des yeux furieux. La colère, c'était bon signe.

Finalement, la jeune femme reprit le thermomètre et le consulta:

— 41°! Bizarre, il a l'air en pleine forme!

— Je suis content de vous l'entendre dire, mademoiselle.

Puis, se tournant vers moi, il ajouta.

Barracuda for ever

— Belas la flegistino, êu ne ? (Elle est pas mal, l'infirmière, non ?)

— Qu'est-ce qu'il dit ? demanda la jeune femme.

— Oh rien, que vous êtes très gentille.

Soudain, tandis qu'elle remettait le lit en ordre, Napoléon me fit signe d'approcher.

— Dis-moi, mon Coco, j'ai un peu mal aux yeux. Tu peux me dire ce qu'il y a écrit, là, tu vois, sur la blouse de l'infirmière ?

— Sur la blouse ?

— Oui, sur le nichon droit.

— Il y a écrit gériatrie, grand-père.

Son regard se figea brusquement. On aurait dit qu'il avait des billes à la place des yeux. Il pâlit. Sa bouche devint fine et coupante.

— Putain de putain, tu es certain ?

Je fis oui de la tête.

— Grand-père, qu'est-ce que tu as ?

— M'appelle pas comme ça, c'est vraiment pas le moment.

Avis d'ouragan. Ses yeux aiguisés comme des couteaux étaient comme agrafés à la blouse de l'infirmière.

— Mademoiselle ! hurla-t-il.

— Oui, monsieur ? sursauta la jeune femme.

— Qu'est-ce que vous avez d'écrit, là ?

Son doigt se posa sur la blouse de l'infirmière qui esquissa un mouvement de recul.

Barracuda for ever

— Là?

— Oui, là. Vous êtes sourde, en plus?

Je me demandais si Napoléon ne perdait pas un peu les pédales. La jeune femme désarçonnée tardait à répondre.

— J'attends, reprit Napoléon. Je ne fais que ça, d'ailleurs. Mais je vous préviens, ma patience a des limites.

— Là? Ben vous voyez bien, il y a écrit *gériatrie*.

Mon grand-père croisa les bras. Son visage était fermé.

— Je sais lire. Merci.

— Mon service, quoi! Je travaille en gériatrie, alors il y a écrit gériatrie.

Elle avait l'air de s'excuser.

— Ah bon, alors, mademoiselle, vous allez me faire le plaisir d'aller me chercher un dictionnaire.

— Un dictionnaire? Ah je vois, pour l'émission des jeux et des lettres. La finale en différé?

— Non, mademoiselle, pour l'émission en direct «j'arrête de me moquer du monde ou ça va mal se passer».

Sans trop comprendre ce qu'elle avait fait de mal, elle sortit.

— Tu comprends, dit Napoléon, c'est pas contre elle, mais certaines choses doivent être mises

Barracuda for ever

au point. Et au clair. Immédiatement. Après ça ira mieux.

Dix minutes plus tard, l'infirmière tendait son dictionnaire à Napoléon.

— Je l'ai emprunté à votre voisin qui s'en sert pour le jeu du mot le plus long.

Napoléon me jeta un regard furtif.

— Alkroĉu vin, Bubo, forte skuiĝos. (Accroche-toi, Coco, ça va secouer.)

Puis il donna un tour de roue à son fauteuil pour avancer tout près de l'infirmière.

— Me racontez pas votre vie, mademoiselle, ni celle de mes voisins, je m'en fous totalement, et cherchez vous-même à gériatrie.

Elle tourna les pages en sortant un petit bout de langue tout rose.

— Gériatrie… Gériatrie… Voilà!

— Lisez. Sauf si même ça vous ne savez pas le faire!

— Bon… *Catégorie de la médecine qui s'occupe des personnages âgées.*

Elle leva le nez et sourit naïvement.

— Vous avez vu, ça vient du grec. Hi hi. Étonnant, non? C'est fou ce qu'on apprend dans un dictionnaire. Vous êtes satisfait?

Napoléon plantait ses ongles dans les accoudoirs de son fauteuil. De grosses veines bleues sillonnaient ses tempes.

Barracuda for ever

— Vous voulez vraiment savoir ce qui me satisferait ? Eh bien, bordel de Dieu, ça serait, ça serait de savoir ce que je fous dans ce service pour vieux !

L'infirmière ne savait vraiment plus quoi faire face à ce pirate de quasi quatre-vingt-six ans qui menaçait de tout envoyer par le fond et qui continuait à vociférer :

— Oui, mademoiselle, je voudrais savoir ce que je fous avec des vieux schnocks ! Je ne vous demande pas la lune, seulement que vous reconnaissiez votre erreur ! VOILÀ TOUT !

L'infirmière quitta la chambre à grandes enjambées. Derrière la vitre, le soleil couchant embrasait le vaste paysage. Mon empereur semblait m'avoir oublié et, assis sur son fauteuil, donnait des coups de poing dans le vide. On aurait dit qu'il frappait contre le soleil qui mourait dans les grandes plaines impériales.

12

Une quinzaine de jours plus tard, le chef de service convoqua mon père. Le médecin était préoccupé et n'y alla pas par quatre chemins. Mieux valait dire la vérité, en un bloc :

— Monsieur Bonheur, je vais être clair : impossible de le garder plus longtemps. Tout le service est à bout et dans quelque temps, c'est nous qu'il faudra interner !

Alors il nous raconta. Je n'en perdis pas une miette.

Napoléon jouait au bowling dans les couloirs avec des bouteilles d'oxygène, rendait visite aux autres malades pour leur proposer des parties de bras de fer, multipliait les allusions grivoises quand les infirmières entraient dans sa chambre et, depuis peu, les poursuivait pour leur mettre une main aux fesses.

— Et le pire, voyez-vous, le pire de tout, c'est qu'il détraque tout ce qui ressemble à un compteur. Il les remet tous à zéro en hurlant : salaud !

Barracuda for ever

Hier soir, les plombs ont sauté, allez savoir pourquoi!

Ce n'était en réalité autour de Napoléon que courses-poursuites, éclats de rire et glapissements scandalisés.

— Hier il est entré dans le bloc opératoire en criant: «Paraît qu'on s'amuse sans moi, ici?»

— Et tu trouves ça drôle, toi? me demanda papa quand il aperçut le sourire que je ne parvenais pas à réprimer.

— Faut quand même avouer que c'est... étonnant, dit ma mère en gloussant discrètement.

Ses yeux riaient. Elle posa une main sur mon genou.

— Eh bien moi, déclara mon père, je trouve ça moyennement amusant.

— Pour les infirmières, continua le médecin, je dis pas, c'est vrai que c'est tentant. Moi-même, des fois, faut que je me reti... Euh, je dis n'importe quoi, excusez-moi, la fatigue sans doute. Mais avec son histoire de bowling, il va tous nous faire sauter! Vous êtes certain qu'il n'y a pas d'erreur dans sa date de naissance? Une erreur de dix, vingt ans.

— Certain, dit mon père.

— Parce qu'il est quand même très vigoureux. Anormalement vigoureux. En principe, à partir de quatre-vingts ans, surtout après un pépin comme celui-là qui vous cloue sur un fauteuil, on

Barracuda for ever

commence à se laisser aller, à penser au passé. On met en ordre ses petites affaires, mais lui, vous ne savez pas la dernière?

— N... n... non? balbutia mon père.

— Tenez-vous bien: il parle de s'acheter une moto.

La bouche de mon père s'ouvrit graduellement.

— Une moto?

— Parfaitement. Il dit que quitte à se déplacer sur deux roues... Il hésite entre une 650 et une 800 cm³. Il dit qu'en dessous de 500 cm³, c'est pour les...

— Les couilles molles? essaya mon père.

— C'est ça.

Bref, il fallait trouver une solution. Napoléon était encombrant. Et c'est dans un restaurant chinois d'une zone commerciale que mes parents discutèrent de l'avenir de l'empereur et de son empire.

— Il n'y a pas beaucoup de solutions, dit mon père en prenant un ravioli entre deux baguettes. J'en ai bien une, mais il va mal le prendre.

— Tu veux parler d'une maison de...

— Oui, de...

Une grimace déforma les lèvres de ma mère.

— Je l'imagine pas trop là-dedans. Et tu te vois lui dire: «Papa, j'ai une nouvelle pour toi, tu vas aller dans une maison de v...»

Barracuda for ever

— C'est vrai, arrête, rien que d'y penser...

Les doigts de mon père se crispèrent ; le ravioli glissa entre les deux baguettes, s'envola pour plonger dans l'aquarium où il coula en spirale. Un serveur fit signe à mon père qu'il était interdit de nourrir les animaux.

— C'est dommage, d'ailleurs, reprit mon père, parce qu'il y serait très bien... Regarde M. Branchu. Et Mme Torpillon. Ils y sont tous bien : bichonnés, dorlotés. Tu sais, la maison juste en face de l'école. C'est coquet, tranquille.

Ma mère lui répondit par un sourire. *Coquet, tranquille...* voilà bien des mots un peu étroits pour mon grand-père.

Mon empereur avait donc raison. Il avait parfaitement anticipé la manœuvre de l'adversaire.

— C'est ça, dis-je, vous voulez le déporter !

Mon père sursauta et se fourra une baguette dans la narine droite. Du sang se mit à couler. Il plaqua sa serviette contre son nez.

— Le déporter, n'importe quoi[1]. On ne veut pas le déporter, on veut qu'il soit bien soigné dans un établissement spécialisé, avec du monde pour s'occuper de lui et le distraire. Un truc qui soit dit en passant me coûtera une blinde !

Comme pour évacuer sa rage, il goba nerveusement un ravioli qu'il se mit à mâcher frénétiquement. Ça faisait des pouitch pouitch un peu dégoûtants. Soudain, il se figea ; et tandis

124

Barracuda for ever

que sa serviette continuait à se gorger de sang, il me dévisagea, ainsi immobile pendant quelques secondes. Puis il me demanda, brusquement radouci :

— Léonard, est-ce que tu sais ce que ça veut dire, au moins, déporter quelqu'un ?

Il me fixait droit dans les yeux et, comme pris à un hameçon, je ne parvenais pas à détacher mon regard du sien.

— Ben... en réalité...

Mon père soupira puis roula sa serviette en boule. Il échangea un regard embarrassé avec ma mère.

— Déporter quelqu'un, mon chéri, dit-elle, c'est quand on le force à quitter sa maison et même sa ville pour l'enfermer.

— Tu vois, dit mon père, rien à voir !

— Et qu'est-ce qui lui arrive ? demandai-je.

— Cette personne n'a plus droit à rien. On lui prend toutes ses affaires. Elle est séparée loin, très loin de ceux qu'elle aime et elle ne les voit plus jamais.

L'espace d'une seconde, le visage d'Alexandre traversa mon esprit.

— Et pourquoi on fait ça ? demandai-je encore. Pourquoi ?

Pourquoi ? Elle me parla des guerres et de ces trains qui, autrefois, comme d'horribles métronomes,

Barracuda for ever

sillonnaient l'Europe, chargés de tous ces gens que plus personne ne reverrait.

Ses mots s'évaporaient aussitôt prononcés, et je ne retins pas tout ; mais il me sembla que sa phrase « Elle est séparée loin, très loin de ceux qu'elle aime » resterait gravée dans mon esprit comme dans du marbre.

Le serveur vint vers nous muni d'un petit instrument qu'il passa sur la nappe de la table pour la débarrasser de ses miettes.

— Pratique, ça, t'as vu, chérie ? murmura mon père, soudain amusé.

Une fois le serveur parti vers d'autres aventures, ma mère se pencha en direction de mon père.

— Et si tout simplement on le prenait quelques semaines à la maison ? proposa-t-elle timidement.

— Chez nous ? demanda mon père en fronçant les sourcils. Tu crois ?

Son regard exprimait un mélange de tentation et de méfiance.

— Le temps qu'il se rétablisse, insista ma mère. Et puis, mon chéri, ça te permettrait peut-être de te rapprocher de lui.

— Mais c'est lui qui ne veut pas se rapprocher. Le coup de la cravate, tu vois, je l'ai encore là. Des rapprochements comme ça, merci bien.

Il montrait sa gorge. Soudain, on put lire sur son visage une expression presque enfantine.

Barracuda for ever

— La vérité, tu la connais. Il ne m'a jamais apprécié. Qu'est-ce que j'y peux, moi, si je n'ai jamais aimé donner des coups de poing, et encore moins me faire péter le nez tous les week-ends?

Il se mit à faire rouler devant lui deux pauvres petits poings.

— La seule chose qui aurait pu me faire aimer de lui, c'est celle-là: paf paf, devenir un boxeur. Et ce n'est pas à quatre-vingt-six ans que ça va changer. Ni à cinquante.

Ma mère posa la main sur celle de mon père et dit simplement:

— Le temps ne se rattrape pas. Napoléon n'est pas éternel.

Lettre de grand-mère

Mon grand garçon,

Bon, alors où est-ce que j'en étais? Ah oui, le magazine du mardi, ma nièce qui était de passage et qui est repartie à Madrid étudier le danois trouvait que c'était une bonne idée pour me secouer, mais fallait se méfier d'après elle, elle m'a dit: «Tu sais pas sur qui tu vas tomber, et si c'est un tordu qui veut te découper en rondelles, hein?»

Seulement à force de me méfier, j'arrivais pas à me décider, et puis il y en avait tellement qu'ils finissaient par tous se ressembler, c'est comme quand tu veux acheter une voiture, tu sais jamais si faut prendre le modèle de base, fiable et increvable, où le modèle avec les options mais plus fragile et capricieux.

Enfin j'ai quand même choisi trois modèles différents que j'ai mis dans l'ordre de préférence, comme les chevaux du tiercé, j'ai écrit une lettre aux trois (exactement la même, juste en changeant les noms), la lettre envoyée

Barracuda for ever

au premier m'est revenue avec marqué dessus: «N'habite plus à l'adresse indiquée», le deuxième, ni oui ni merde, il m'a carrément jamais répondu, par contre j'ai trouvé la réponse du troisième dans ma boîte aux lettres, une semaine après.

Je l'ai rencontré, ce monsieur, j'avais un trac, t'as pas idée, il m'a invitée au restaurant chinois, on a mangé que des trucs enroulés et emballés comme pas possible et à la fin on nous a apporté des rouleaux blancs fumants, des sortes de crêpes, j'ai mordu dedans, Édouard (c'est le nom du monsieur) a éclaté de rire, c'étaient pas des crêpes mais des serviettes humides. Pour vous nettoyer les menottes, m'a dit Édouard, je savais pas que les Chinois se lavaient les mains à table, il pouvait plus s'arrêter de rire, et il m'a dit que ça lui faisait du bien, il savait plus l'effet que ça faisait de rire comme ça, d'après lui c'était signe de quelque chose, signe qu'il se payait ma bobine, oui.

Le positif, c'est que j'ai bien vu qu'il ne voulait pas du tout me découper, ni en rondelles, ni en languettes, alors avec ce monsieur bien comme il faut on a fait un tour et j'ai appris qu'il tenait une quincaillerie quand il était encore en activité, quand je lui ai dit que je n'étais pas veuve comme il le croyait mais que mon mari boxeur de 85 ans m'avait foutue à la porte pour se renouveler, il a commencé par croire à une blague, veuve quelle drôle d'idée, j'y avais jamais pensé. Forcément avec ton grand-père incroyablement vivant, on pense pas beaucoup à ce genre de choses, ce monsieur, je dois le revoir la semaine prochaine, il va m'emmener dans un restaurant japonais, faut dire qu'autrefois il vendait des baguettes aux Asiatiques et leur achetait des allumettes, enfin bref, avec son histoire à la con de veuve il m'a mis des idées noires

Barracuda for ever

en tête, alors j'ai commencé à tricoter un pull pour ton grand-père, je sais que tu l'aimes beaucoup alors prends bien soin de lui et de son renouvellement, mais ne lui dis surtout pas que je t'ai écrit car ça le gênerait dans sa jeunesse retrouvée, la jeunesse c'est déjà fragile à 20 ans, alors à 86 c'est pas de la tarte.

Ta grand-mère qui pense à toi

13

— Chez vous? demanda Napoléon d'une voix blanche, j'ai bien entendu? Est-ce que je commencerais à avoir des problèmes d'audition? Déjà? À mon âge?

Mon père se tenait devant lui, dressé sur la pointe de ses souliers. Un tic que j'avais souvent remarqué quand il se sentait gêné.

— C'est ça, chez nous.

— Et vous avez trouvé ça tout seuls? demanda Napoléon. Ou vous avez tiré l'idée dans une pochette-surprise?

— Le temps que tu reprennes tes esprits, quoi.

— Quand j'aurai besoin que tu t'occupes de mes esprits, je te ferai signe. Par contre, toi, si tu pouvais t'occuper de tes fesses...

Soudain, le regard de Napoléon se fixa au sol. Il sourit.

— Ah tiens, pendant que j'y pense, je voudrais te dire... Il y a un truc qui m'a toujours agacé, chez toi.

Barracuda for ever

— Un seul?

— Non, mais un plus que les autres. C'est que tu portes des chaussures à bout carré.

Mon père regarda ses pieds. Bras ballants, il ressemblait vraiment à un petit garçon à qui on fait remarquer qu'il a oublié de nouer ses lacets.

— Tu ne vas pas me dire le contraire, tu as toujours adoré les chaussures à bout carré. Eh bien moi je trouve ça bizarre d'avoir un fils qui porte des bouts carrés. Voilà, c'est dit. Tu peux répondre à une question?

— Oui, je crois, répondit mon père, un peu décontenancé.

— Tu as déjà donné un coup de pied aux fesses à quelqu'un?

— Je sais plus. Attends… Mais pourquoi, au fait?

— Ben parce que celui qui l'a reçu, il a dû faire des crottes carrées pendant un moment!

Mon père resta muet devant Napoléon qui se tordait de rire. Il se contenta de se poster face à la fenêtre, mains dans les poches de son pantalon. Son visage se reflétait vaguement dans la vitre et se mêlait au paysage vallonné. Napoléon, redevenu sérieux, fit crisser les pneus de son fauteuil pour se poster à ses côtés et tous les deux suivirent du regard la trajectoire descendante d'un avion. Assis sur le lit, je les voyais de dos: Napoléon tassé dans son fauteuil et mon

Barracuda for ever

père se dressant sur ses bouts carrés pour tenter d'être à une hauteur imaginaire. De dos, ils paraissaient encore plus différents l'un de l'autre que de face.

— C'est bizarre, hein, murmura Napoléon, tous ces gens qui circulent sans arrêt.

— Oui, c'est vrai, répondit mon père. Bizarre.

Ces quelques secondes de complicité suspendues, j'étais certain que ma mère aurait été capable de les saisir au vol et d'en traduire l'étrange douceur avec ses crayons.

— Et, reprit soudain mon père, j'ai une autre idée. Une garde-mal... Je veux dire une dame de compagnie...

Napoléon laissa passer quelques secondes, sembla attendre qu'un avion disparaisse dans les nuages, tout là-haut, et marmonna :

— Jolie, la dame de compagnie ?

*

Les références d'Irène étaient en béton armé ; elle faisait partie d'une sorte de brigade spécialisée dans la surveillance des personnes turbulentes, âgées la plupart du temps, et elle pratiquait divers arts martiaux comme le judo, le jiu-jitsu, le karaté, le taekwondo, la boxe thaïlandaise, le krav maga, la savate japonaise et le yoga. Elle connaissait donc tout de la maîtrise des autres et

Barracuda for ever

d'elle-même. Ce qu'elle prouvait en croisant ses doigts sur son ventre avant de fermer les yeux et de laisser échapper un grondement continu qui durait plusieurs secondes.

— Personne n'a jamais réussi à me faire perdre mon calme, dit-elle le jour où elle nous rendit visite. Même les plus coriaces, je les ai à l'usure. Ils retournent avec moi dans la grande mer de la sérénité. Car j'ai en moi l'esprit du... SHOGUN!

Elle avait la tête rentrée dans les épaules, ressemblait un peu à un hérisson quand elle était de bonne humeur, à un bulldog quand elle montrait les dents. On aurait pu lui donner vingt ans, ou cinquante.

— Méfiez-vous quand même, lui dit mon père, vous avez affaire à un poids lourd! Souvenez-vous qu'il s'appelle Napoléon, c'est un signe!

— Je gère, déclara Irène.

— On vous demande simplement de l'amener à accepter qu'à quatre-vingt-six ans on a besoin d'aide et qu'on ne peut plus vivre tout seul... Si seulement vous pouviez faire entrer dans sa caboche qu'il est vieux, très vieux. Et pas éternel.

Irène avait l'air sereine. Maman s'était placée dans un coin du salon et jouait des crayons si rapidement qu'on les voyait à peine.

Barracuda for ever

— C'est comme si c'était fait, dit Irène. C'est déjà écrit dans le grand rouleau. Dans un mois, c'est lui qui vous demandera une place en maison pour vieux. J'adopte la technique ancestrale des shoguns japonais : j'isole, j'enveloppe et j'étouffe !

— Méfiez-vous quand même. Lui il cogne, il frappe, il tabasse !

— Et surtout, dit-elle en plantant ses yeux dans ceux de mon père, surtout j'hypnotise. Comme le serpent face à sa proie. Hmmmmmmm… ayez confiaaaance !

— C'est vrai, dites donc, que vous avez un drôle de regard. On se sent tout chose, tout mou.

— Vous voyez ! Vous pouvez déjà lui choisir sa place chez les vieux ! Mais souvenez-vous : pas une seule visite avant que je vous fasse signe ! Car avec l'esprit du shogun, j'isole, j'enveloppe et… j'étouffe. Comme ça.

Elle serrait une proie invisible dans ses deux poings devant elle.

*

Pendant plus de quinze jours, je n'ai pas eu de nouvelles de mon grand-père. À chaque fois que je téléphonais, c'était Irène qui répondait. Elle me laissait parler et se contentait de répondre :

Barracuda for ever

— Je transmettrai.

Irène isolait.

Sa voix neutre n'exprimait aucun sentiment, aucune émotion.

— Et... il va bien?

— Nous sommes ensemble sur la voie.

— La voie?

— La voie de la grande mer de la sérénité, l'interminable océan de la sagesse. Le nombril du shogun brille sur nous!

Des fois, je passais devant sa maison, et derrière les rideaux je voyais la forme vague de son fauteuil poussé par Irène. Je les devinais face à face, de part et d'autre d'une table.

Irène enveloppait.

L'heure d'hiver arriva. Il fallut reculer nos horloges et la lumière mourut de plus en plus tôt. Papa comptait les jours sur un calendrier; chaque jour passé le remplissait d'espoir et les prospectus de maisons pour vieux s'accumulaient sur la table du salon.

— Quand elle aura atteint la grande mer de je sais plus quoi, dit mon père un soir, on préviendra Joséphine. Et ils iront sagement tous les deux dans un joli petit endroit douillet.

Irène étouffait.

*

138

Barracuda for ever

La saison était froide, grise et triste. Mon empereur me manquait. Il manquait également à Point à la ligne, dont Irène n'avait pas voulu se charger, sans doute pour que l'isolement soit total et qu'il ne morde pas le shogun. Il était triste, lui aussi, et guettait par la fenêtre le retour de son maître. Quand la nuit tombait, il se mettait à gémir comme s'il comprenait qu'il allait encore devoir patienter avant de le revoir. Et quand il entendait le moteur d'une voiture, il faisait le mort. Les grands acteurs ont parfois du mal à quitter la scène.

Je promenais souvent Point à la ligne avec Alexandre. Et si parfois je ne savais plus lequel de nous trois promenait les deux autres, il me semblait toujours qu'une invisible laisse nous reliait. Nous étions trois pauvres soldats en déroute. Alexandre ne se séparait jamais de son étrange couvre-chef qui en réalité ressemblait davantage à un casque de carnaval ou à une toque de cosaque qu'à une véritable casquette.

Alexandre s'absentait parfois pendant une après-midi tout entière et sa place dans la classe restait vide. Où se rendait-il? Ces absences restaient sans explication. En vertu de l'accord muet qui nous liait depuis le début, je prenais toujours bien soin de cacher ma curiosité, mais les autres en revanche n'hésitaient pas à le harceler de questions. Son invariable silence déchaînait autour de

Barracuda for ever

lui des ouragans de mépris et de méfiance, et les rumeurs les plus incroyables se mirent à courir sur son compte.

Il rapportait de chacune de ses escapades de petits objets, qu'il prenait soin de dissimuler aux autres, mais qu'il me faisait la faveur de me montrer : délicats écussons rouge et or, vignettes de footballeurs ou autres babioles de ce genre. Et un soir, je me permis de le complimenter :

— Joli, ton porte-clés ! lui dis-je. J'aimerais bien avoir le même. Tu as de la chance.

— Peut-être que j'ai de la chance, murmura-t-il.

Je compris qu'il n'en dirait pas davantage.

Je n'arrivais pas à comprendre avec exactitude ce qui m'attachait à Alexandre Rawcziik. Son incroyable casquette qu'il entretenait comme un trésor ? La détresse secrète que criaient tous ses silences ? Son étrange passion pour les insectes ? Ou simplement la curiosité qu'il manifestait pour les aventures de Napoléon ? Il les attendait comme on attend les épisodes d'un feuilleton qui ne doit, ne peut avoir de fin. Il me semblait que lui seul pouvait les comprendre et qu'à deux nous étions de taille à les protéger contre l'oubli.

Car en effet je lui racontais inlassablement les combats d'autrefois, les hurlements du public, la solitude des vestiaires et les matchs truqués. Je lui faisais visiter les salles d'entraînement de Brooklyn, l'introduisais aux combines des boxeurs. Je brodais,

140

Barracuda for ever

j'enjolivais, je décorais. J'inventais pour lui la vie de Napoléon avec Rocky, du temps de son exil en Amérique. Nous descendions Broadway derrière eux. Et je lui disais qu'il ne fallait pas s'en faire, Napoléon trouverait la faille du shogun et nous reviendrait encore plus fort.

Et toujours Alexandre sortait une nouvelle bille de sa poche.

— Tu as bien raconté, prends une bille.

*

Je passais beaucoup plus de temps à la maison; un dimanche soir, ma mère me montra des petites scènes de notre vie qu'elle avait dessinées au cours des années. Parfois elle les saisissait sur le vif, d'autres fois elle laissait courir son crayon qui suivait la courbe aussi obstinée qu'indécise de la mémoire.

— Et de ça, tu te souviens? me demanda-t-elle.

Le moment où papa avait découvert la cravate que Napoléon lui avait offerte. Sur le papier, il la tenait fièrement. Ses yeux brillaient comme ceux d'un enfant déballant ses cadeaux de Noël. Maman avait-elle accentué la joie qui l'habitait?

— Et ça, c'est le lendemain, juste après la conférence! Changement d'ambiance!

Papa, en colère, brandissait la cravate de mon grand-père qui pouffait de rire. On pouvait presque

Barracuda for ever

entendre la rage de mon père et le rire joyeux de mon empereur.

Mais bientôt, à force d'observer tous ces dessins, je me rendis compte d'une chose qui me pétrifia. Napoléon avait vieilli. Sa peau, délicatement observée par ma mère, s'était ridée, son visage s'était creusé, ses épaules bien carrées sur les premiers dessins s'étaient arrondies, et ses yeux, ses yeux brillants et menaçants étaient devenus de page en page plus ternes. Le temps figé dans la réalité s'écoulait fluide et indocile sur le papier. Autant il me paraissait éternel et invincible en chair et en os, autant sur les dessins il devenait fragile et éphémère.

14

Pendant ces quelques semaines qui métamorphosèrent l'automne en hiver, mon père reçut tous les samedis un rapport méticuleux qu'Irène déposait dans notre boîte aux lettres.

Il triomphait. Napoléon abordait en douceur les rivages de la grande mer de la sérénité. Je lui en voulais de cette victoire qu'il savourait à l'avance.

— Elle est vraiment épatante! On a beau dire, la sagesse asiatique, Lao Tseu et tout le bataclan: rien de tel pour vous remettre les idées en place. C'est vrai, quoi, qu'est-ce que ça veut dire de lutter encore à quatre-vingt-six ans? À cet âge, on ne lutte plus. On devient sage. C'est le cours des choses... Oubliée, la révolte.

Ces mots rôdaient dans mes nuits comme des vautours. Je rêvais d'une forêt dont les arbres se mettaient à vaciller sans raison; aucun vent, mais ces géants tremblaient puis tombaient, tous, dans le silence résigné, se poussant les uns les autres

Barracuda for ever

comme des dominos. Et nous avions beau nous précipiter d'un tronc à l'autre, Point à la ligne, Alexandre Rawcziik et moi, pour tenter de les soutenir de toutes nos pauvres forces, ça ne servait à rien, ils tombaient tous sans aucune raison apparente. Et à la fin il n'y avait plus qu'une morne plaine et, planté au milieu, un empereur solitaire et mélancolique qui repensait au passé.

Je me réveillais en sursaut.

Je dégoulinais de terreur.

*

Un mercredi, le téléphone sonna. J'étais à peine levé et ma mère dessinait déjà dans sa petite cabine comme si elle ne l'avait pas quittée de la nuit. Je décrochai.

— Je voudrais parler à mon aide de camp.

Je sentis mes jambes flageoler. Mon cœur se mit à tambouriner si fort qu'il faisait éclater ma poitrine.

— Mon empe-reur? hésitai-je.

— Parfaitement. L'armeo disiĝis sed la imperio saviĝis! (L'armée est dispersée mais l'empire est sauvé!)

— Tu l'as eue?

— Oui, mais c'était une adversaire coriace. Heureusement, je lui ai refait le coup de la finale contre Etchevaria. Tu te souviens?

Barracuda for ever

— Ouais, la diagonale du vide!

— Parfaitement, tu fais croire que t'existes plus, tu deviens transparent, et juste quand l'autre croit que t'es cuit, paf, une torpille au dernier moment.

— T'es trop fort. La lutte continue, alors?

— Et comment! Tant qu'on lutte, on est en vie. Passe me chercher, j'ai besoin de me dérouiller.

J'ai couru jusqu'à sa maison.

— Où elle est? lui ai-je demandé.

Napoléon, dans son fauteuil, enfilait tant bien que mal son blouson noir et mettait son bonnet. D'un geste étudié du pied, il fit sauter *Born to win* sur ses genoux puis du menton il désigna le fond du couloir.

— Dans les cabinets? m'écriai-je. Tu l'as enfermée dans les cabinets?

— Oui. Je sais, c'est pas du grand art comme défense, il y a plus fin, mais parfois pour sauver le match, tous les coups sont permis. Allez, Coco, on y va...

— Tu vas la laisser là-dedans?

— Ça lui fera les pattes!

Elle devait nous écouter car on l'entendit hurler, du fond du couloir:

— Le sage n'abaisse jamais son adversaire, a dit Confucius.

Et mon grand-père répondit du tac au tac:

Barracuda for ever

— Le philosophe sait s'accommoder d'un petit espace.

Il y eut quelques secondes de silence.

— Lao Tseu? demanda Irène d'une voix hésitante.

— Non: Napoléon!

Je réussis à le pousser sans trop de difficulté sur le siège avant de la Peugeot 404. Avant de démarrer, il me demanda:

— Et Point à la ligne? Comment il va?

— Il surveille l'arrière-garde.

— Bien, très bien. L'empire est en sécurité avec vous deux.

Au bowling, l'entrée en fanfare de Napoléon sur son fauteuil avait de quoi étonner, mais on se contenta de lui lancer:

— Content de vous revoir, empereur! La piste habituelle?

Il tenait à chausser ses élégantes chaussures. J'hésitai. Non, il était sérieux. Ses pieds dans mes mains me parurent minuscules.

— Serre bien fort, Coco. Les lacets, fais un double nœud!

Maintenant, il suffisait de s'adapter à la situation. Il m'avait tout expliqué dans la voiture.

— Roule ma poule!

Je pousse le fauteuil sur le parquet. Il bouge à peine. Les pneus crissent sur le bois verni.

— Plus vite! Plus fort, bordel!

Barracuda for ever

Je cours, tombe, m'écorche les genoux, rattrape le fauteuil. On finit par foncer à toute allure. Je pose le pied sur le frein, le fauteuil dérape d'un coup.

— File, ma fille! dit Napoléon en libérant *Born to win*.

Les quilles volent en éclats comme le rire de mon grand-père. Le mécanisme automatique réinstalle un jeu complet. Tchac clac.

Entre deux strikes, on allait boire un Coca autour d'une des tables basses. Il aimait cette boisson qui lui rappelait l'Amérique.

— J'en ai marre de ce lumbago! dit-il.

— T'inquiète, grand-père, ça va se remettre en place.

— Tu sais ce qui m'embête le plus? demanda-t-il.

Je fis non de la tête en aspirant le Coca.

— C'est que tu es presque aussi grand que moi, maintenant.

Je lui donnai une bourrade sur l'épaule et me mis à côté du fauteuil.

— Plus grand, tu veux dire, regarde!

— Ça se discute. Tu te mets sur la pointe des pieds, ça compte pas. Et mes pneus sont dégonflés. Tu me fais penser à ton père à faire la danseuse comme ça, sur le bout de tes orteils! Par contre, hein…

Barracuda for ever

Coude sur la table, il agitait ses doigts dans le vide, appelant ma main.

— Tu te défiles?

— Mais pas du tout.

Nos mains liées ensemble. Nos muscles qui se contractent. Paume contre paume pour l'éternité. Nos yeux qui s'attachent. Je résiste. Non, je fais mieux que résister. Et je me rends compte que mon empereur ne joue pas la comédie. Je perçois une lueur inquiète dans ses yeux qu'il essaie de balayer d'un sourire insouciant. Il est à fond, mâchoires crispées, et moi j'ai encore de la ressource. Plein de ressource. Il me suffirait d'un minuscule effort supplémentaire pour l'emporter. Mais une immense tristesse m'envahit soudain. À moi de faire semblant. Je lâche tout. Ma main s'aplatit comme d'habitude.

— Imbattable, dis-je.

Il y a une gêne entre nous.

— Jure-moi un truc, Coco.

— Tout ce que tu veux.

— Que jamais, jamais de jamais tu porteras des chaussures à bout carré.

Autour de nous tombaient les quilles et montaient les cris de joie des joueurs. Grand-père, avec sa paille, allait chercher les dernières gouttes au fond du verre; il fronça un sourcil puis prit un air détendu. De chaque côté de ses yeux, d'infimes araignées étalaient leurs minuscules pattes.

Barracuda for ever

— Tu as des nouvelles de ta grand-mère?
— Aucune, grand-père.
— M'appelle pas comme ça. Quand même…
Une serveuse vint ramasser nos verres. Napoléon s'interrompit au milieu de sa phrase.
— … elle exagère!
— Elle exagère? C'est toi qui dis ça?
— Ben oui, disparaître de cette façon!
Je me suis demandé s'il plaisantait; mais non, il avait l'air tout à fait sérieux. Il promenait un regard impérial sur la salle et les joueurs qui trottinaient sur la piste avant de lâcher leur boule.
— Tu la vois, elle, mon Coco, dit Napoléon, en désignant la boule qu'il portait au creux de ses bras comme un bébé.
— Oui. *Born to win.*
— Eh ben elle sera à toi. Tu en prendras soin.

*

Deux jours après, papa reçut la lettre de la garde-malade. S'attendant à tout sauf à une capitulation sans conditions, il commença à lire à voix haute, confiant dans la sagesse du shogun.
— *Monsieur, je peux vous dire que des vieux, j'en ai vu des dizaines, mais des comme votre père, franchement, il n'y en a plus beaucoup… Un cas unique… Heureusement d'ailleurs, parce que s'ils étaient toute une armée…*

Barracuda for ever

Mon père fronça les sourcils, se mordit les lèvres. Ses yeux inquiets parcoururent rapidement l'ensemble de la lettre. Ensuite, sa voix s'éteignit petit à petit et il se mit à pâlir comme s'il se vidait de son sang.

— *Et encore, ça, ce n'était rien, parce que le lendemain, figurez-vous qu'il s'est introduit dans ma chambre et que...*

Il faillit s'évanouir ; flageolant sur ses jambes, il s'accrocha à la table pour ne pas tomber. Maman l'éventa avec la poêle qu'elle tenait à la main. Il fit tout de même un effort pour continuer sa lecture, la voix tremblante. Maman lisait par-dessus son épaule.

— *... Alors une fois remise, je lui ai expliqué que les gants de boxe et le rock'n'roll, c'était contraire à la philosophie du shogun. Je sais, j'aurais pas dû (faut me comprendre, j'étais à bout et j'avais oublié la sagesse), mais j'ai fini par le traiter de vieux fou. Et alors là, ce qu'il m'a répondu, je n'oserais jamais vous le répéter, ça m'a fait l'effet d'une torpille dans le ventre... Il m'a dit...*

— Gonflé ! a résumé mon père.

Pour finir, la spécialiste des durs à cuire annonçait qu'elle descendait dans le Sud ; elle ne voulait plus tomber sur des énergumènes du genre de mon grand-père qui résistaient à tout, en bloc. Dans sa dernière phrase, très gentille, elle assurait n'en vouloir à personne d'autre qu'à

Barracuda for ever

elle-même, et regrettait simplement que Napoléon n'ait pas su profiter de la sagesse du shogun. Elle lui souhaitait une longue vie et assurait que le shogun, dans sa grande bonté, s'occuperait quand même de lui. Mais de loin.

Papa froissa la lettre et shoota dedans comme un gardien de but qui dégage.

— On repart de zéro! murmura-t-il en soupirant. Finalement, heureusement que Joséphine est loin.

Lettre de grand-mère

Mon grand garçon,

Franchement, les Japonais ils sont super fortiches, mais alors d'un compliqué j'aurais jamais cru, tu vois samedi soir Édouard m'a emmenée manger dans un restaurant japonais car, comme tu le sais, l'Asie c'est son truc, tous les plats se terminent en i là-dedans, ils nous ont servi des petits bouts de poissons carrés, sans rien de rien, ni sauce ni crème; sans couverts, en plus, alors tu me connais j'ai tout renvoyé en cuisine car c'était vraiment pas cuit du tout, pas assaisonné, et j'ai pensé que malgré leur air poli et souriant ils se fichaient du monde.

Édouard m'a expliqué qu'il s'agissait d'une gastronomie millénaire hautement raffinée qui ne s'apprivoise pas du premier coup et qui se mérite, j'ai dit d'accord mais je n'y comprenais rien, mille ans pour en arriver au poisson cru... Et si maintenant faut mériter ce qu'on avale, il va me falloir des cours de rattrapage, je savais pas qu'il fallait un diplôme pour se remplir le ventre.

Barracuda for ever

Entre les serviettes chaudes de l'autre jour qui ressemblaient à des crêpes et les poissons crus d'hier, sans parler des baguettes que j'ai prises pour de grands cure-dents, je me demande si ce petit monsieur ne me raconte pas des craques pour faire le savant; au milieu du repas, Édouard m'a expliqué (c'est quelqu'un qui aime expliquer) que sa femme était partie deux ans auparavant d'un truc aux poumons, j'ai pas retenu le nom, je sais pas du tout ce qui m'a pris (peut-être le machin vert très piquant qu'on met sur le poisson), je lui ai demandé si elle avait fait bon voyage, alors des larmes lui sont venues aux yeux et moi je ne pouvais plus m'arrêter de rire, c'était idiot mais plus j'essayais et moins je réussissais, et moins je réussissais et plus son visage se fripait, et le voir tout fripé ça me faisait marrer, pour me faire pardonner je l'ai embrassé sur la joue, et il a rougi, et c'était joli. On n'a plus rien dit pendant un moment, c'était vraiment gênant, j'ai fini par dire que j'étais désolée même si franchement je l'étais pas plus que ça, j'ai remarqué que tu te tires de toutes les situations en disant que t'es désolé (retiens bien ça).

Vers la fin du repas, il m'a demandé si j'aimais les jeux de société, et là ça m'a plu, surtout qu'avec ton grand-père j'en ai été bien privée toute ma vie, le bridge, la belote ou le whist comme tu le sais c'est pas dans ses cordes à cause de sa patience très limitée et le Scrabble il n'a jamais voulu en entendre parler, il disait que c'était un truc de couilles molles, un jour pour me faire plaisir il m'a accompagnée au foyer des seniors, et ça s'est terminé en scandale car il s'est foutu en boule pour un rien.

Bref c'était un bon point pour Édouard, ça, les jeux de société, on a pris un verre de saké dans un verre où il y avait un dessin, et je suis devenue toute rouge parce

Barracuda for ever

que c'était un homme tout nu avec un énorme zizi, j'ai rien dit parce que je ne voulais pas faire ma mijaurée, Édouard m'a alors demandé: «Vous aimez le go?»

Késaco? j'ai failli demander, mais j'en avais marre de poser des questions, je me transformais en point d'interrogation, alors j'ai dit oui, c'est plus simple en général de dire oui, tu dis oui et t'as la paix, retiens bien ça aussi. «Le go, a précisé Édouard, le jeu de go, un jeu japonais, les échecs japonais, si vous préférez, un jour je vous expliquerai, comme nous allons nous amuser», il me parlait comme à une grande malade et je me suis demandé pour qui il se prenait, il m'énervait avec son «vous» et son air supérieur, son air de prof, tu vois la première chose qui sépare Édouard et Napoléon, c'est que ton grand-père au bout de 5 minutes dans son taxi il me tutoyait, tandis qu'Édouard, lui, il me vouvoie toujours après plusieurs semaines.

On a tourné autour du lac, je ne savais pas pourquoi mais j'avais une très grosse envie de pleurer, je me sentais orpheline de ton grand-père, et remplie de lui, à peine à la maison je me suis remise au tricot que j'ai commencé et je me suis sentie sa Pénélope, Édouard a promis de m'emmener manger dans un resto coréen la prochaine fois, il pense qu'à bouffer, c'est pas possible, alors j'ai regardé sur une carte où ça se trouve, la Corée, c'est loin, tu vois, mon grand, je voyage.

J'espère que tu n'as rien dit de mes lettres à Napoléon, je repense tout le temps à cette nuit où j'ai cogné à sa vitre et que je lui ai demandé s'il était libre, et même que moi aussi j'étais libre, et le lendemain on ne l'était plus ni l'un ni l'autre, j'avais rencontré le Bonheur (j'ai jamais vu quelqu'un qui porte aussi bien son nom que ton grand-père) tu vois, des fois j'ai l'impression qu'à cause

Barracuda for ever

de Napoléon (ce chameau quand j'y pense !) je vais pleurer tout le bout de vie qui me reste, et d'autres fois c'est le contraire, j'ai l'impression qu'il est toujours avec moi, qu'il me suit partout et que j'aurais juste à me retourner pour le voir en train de me sourire.

Ta grand-mère qui t'aime

15

La vie allait reprendre comme avant, j'en étais certain. Exactement comme avant. Un simple pépin, comme disait mon grand-père. Il s'était relevé tant de fois qu'une fois de plus ne lui coûterait rien.

La joie de ces retrouvailles s'estompa rapidement ; les murs dépouillés de leur papier, les meubles toujours rassemblés au centre de la pièce et l'odeur d'humidité qui emplissait l'espace m'accablèrent de tristesse. Un fantôme d'abandon semblait rôder. D'un seul coup et pour la première fois, j'eus le sentiment que la réalité était plus forte que nous. Plus forte que mon empereur. Plus forte que les efforts de tous les hommes réunis.

J'eus soudain la certitude que nous n'y arriverions jamais, et j'eus honte de cette certitude, honte de penser comme mon père. Honte de grandir, et de ne plus nous sentir invincibles, mon grand-père et moi.

Barracuda for ever

— Alors, Coco, t'es pas dans ton assiette? On a bien avancé, non? On en voit le bout, hein?

— Oui, mon empereur, on en voit le bout.

Ainsi, au fil des jours et de nos gestes lents et dérisoires, je pris l'habitude de dissimuler ce découragement. Parfois, Napoléon tombait dans un silence et un abattement qui le tassaient dans son fauteuil où il finissait par s'endormir; on aurait dit qu'il était vidé de l'intérieur.

Je courais oublier la réalité dans les cabinets. Était-ce mon empereur qui avait retourné contre le mur la photographie de Rocky? Ainsi face contre le mur, Rocky était véritablement mort. Je le ressuscite, il me regarde à nouveau. De nouveau les rugissements jaillissent des poitrines survoltées. Les poings cognent sourdement. Rocky ne frappe pas avec des plumeaux… crochet massue… Napoléon flageole, mais se reprend… Face à lui, Rocky fait la danseuse, l'énerve.

Napoléon tombe dans le piège, ne parvient pas à réaliser sa fameuse diagonale du vide. Pourtant aucun doute, il est supérieur dans tous les secteurs et Rocky semble mal en point. Le match ne peut pas échapper à Napoléon. Juste après la pause, retournement de situation… La ligne de Rocky est splendide… Assaut à double patte… Mon empereur est à terre… L'arbitre compte, 1… 2… 3… Et c'est moi, des dizaines d'années plus tard, qui suis K.-O.

Barracuda for ever

Certains jours, mon empereur retrouvait un semblant de punch, il ressemblait alors presque à celui qu'il avait toujours été. J'en profitais pour le bombarder de questions, une subtile et délicate comme une caresse ici, une autre là, fulgurante comme un direct du droit.

— Mon empereur, c'était quoi ton secret?

— Mon secret?

— Ton secret de combattant...

— Ah...

Sa voix vibra d'un léger soulagement.

— Eh bien tu vois, Coco, c'était une tactique très étudiée, pleine de finesse. Essaie de la retenir.

— D'accord.

Point à la ligne, comme conscient de l'importance de ce qu'allait révéler son maître, se posta à mes côtés.

— Voilà, au début du combat, je tapais de toutes mes forces. Comme ça.

Ses poings semblaient propulsés devant lui par des pistons.

— Au milieu du combat, eh ben je tapais de toutes mes forces...

— Et à la fin? demandai-je innocemment.

— À la fin? Je tapais de toutes mes forces, pardi. Comme ça!

Son poing claqua contre le mur; le fauteuil recula, puis tournoya sur lui-même.

— Ça va, ton poing? demandai-je.

Barracuda for ever

— Ouais, pourquoi?

— Parce que le mur, lui, il a pas aimé, t'as vu?

Une fissure partait en diagonale et du plâtre était tombé sur le sol.

Son dernier combat face à Rocky me hantait. Plus le temps avançait et plus la certitude s'insinuait en moi que le match n'avait pas été truqué, et que Napoléon n'avait pas frappé jusqu'au bout comme il l'aurait dû. Il s'était passé quelque chose, mais quoi? Ce mystère me brûlait la langue et un jour, la phrase s'échappa malgré moi:

— Ô mon empereur, pourquoi est-ce que tu ne t'es pas battu jusqu'au bout?

— Qu'est-ce que tu dis, Coco?

Sans attendre ma réponse, il alluma le poste de radio.

— Le jeu des mille, dit-il. Heureusement qu'il est là, lui. Ça nous changera de tous les oiseaux de malheur et de toutes les couilles molles. Chut, ça commence!

— C'est pas moi qui parle sans arrêt, c'est toi.

— Chut. Écoute, bon sang. C'est formidable, ça! Ça me rappelle un boxeur, il pouvait pas s'empêcher de causer sur le ring, de raconter sa vie. Et gna gna et gna gna gna.

— Tu vois, tu recommences. Chut.

— Chut.

Barracuda for ever

— Question mathématique. Si on prend un chiffre et qu'on l'augmente de 25 %, de quel pourcentage doit-on diminuer le résultat obtenu pour retrouver le chiffre de départ?

Napoléon se tourna vers moi.

— Tu sais, toi?

— Non.

— 20 %, déclara la candidate.

— Voilà, c'est ça, dit Napoléon.

— Tu savais?

— Pas du tout.

Les questions défilèrent. Combien d'estomacs a une vache? En quelle année est née Sarah Bernhardt? Combien de bouteilles en plastique faut-il recycler pour faire un pull-over? Qui a inventé les guillemets? (Mon grand-père répondit «pas moi» et éclata de rire.) Pourquoi dit-on allô en décrochant le téléphone?

— On pourrait dire merde, dit Napoléon, mais ça marcherait moins bien!

Et il éteignit le poste de radio.

— C'est incroyable ce que les gens sont savants! J'en reviens pas. J'enverrais bien une question un jour, moi aussi.

Il me fit un clin d'œil en ajoutant:

— C'est plus facile de poser des questions que d'y répondre. Hein?

— On se remet au boulot? demandai-je.

161

Barracuda for ever

Il posa sur les murs nus un œil un peu étonné, comme s'il les découvrait.

— Quel bordel, dit-il simplement. Je me demande si c'est bien utile, tout ça. Tu vois, Coco, on fait des trucs, et juste après on ne sait même plus pourquoi.

— Tu voulais te renouveler, souviens-toi. T'as changé d'avis?

— Bien sûr que non. Mais peut-être que le temps des grandes conquêtes touche quand même à sa fin. T'inquiète pas, on va défendre les frontières!

Il tendit son poing devant lui.

— Et sauver le territoire. Bec et ongles.

Dehors, la lumière déclinante semblait porter de minuscules poussières. La maison se remplissait d'ombres. Il caressa longuement la tête de Point à la ligne puis évoqua pêle-mêle des souvenirs de sa vie américaine. Les caves de jazz. Broadway au petit matin avec Rocky. J'entendais leurs pas contre le bitume. La grosse Harley sur laquelle il se déplaçait.

— Ils sont moins chiants qu'ici avec le permis, les Amerloques. T'achètes un timbre et c'est bon. Et le casque, tu peux t'en servir de pot de chambre.

Le jour où Gary Cooper était venu le voir combattre.

Barracuda for ever

— Enfin, pas moi exactement, mais il m'a quand même serré la main dans les vestiaires. Tu connais Gary Cooper, au moins?

Je fis non de la tête. Il frappa sur l'accoudoir de son fauteuil.

— Putain, c'est pas vrai, il connaît pas Gary Cooper! Pas étonnant que le monde aille de traviole.

Il avait vraiment l'air scandalisé. Je me retins de lui dire que plus personne de mon âge ne connaissait Gary Cooper. Question de génération. Il disposa ses doigts de façon à imiter deux petits revolvers et les pointa vers moi.

— Prépare-toi à mourir, Bill, dit-il en prenant une grosse voix.

— Pitié, implorai-je.

— Non, Bill, pas de place pour nous deux sur terre. C'est toi ou moi. Et j'ai décidé que ça serait moi. Parce que je suis du bon côté du Colt.

Il fit le bruit d'une détonation, je m'écroulai à terre. Il souffla sur le canon fumant de ses armes imaginaires.

— C'était ça Gary Cooper, Coco. Un cow-boy. *The* cow-boy. Pas les couilles molles de maintenant. Les acteurs d'aujourd'hui, on sait même plus si c'est des mecs ou des gonzesses!

Il se tut enfin pendant quelques secondes. Il étouffa une série de petits rots.

— Coco, dit-il, faut que tu m'aides.

Barracuda for ever

— À quoi?

Il hésita.

— Je suis fatigué.

Fatigué? Comme c'était bizarre d'entendre ce mot dans sa bouche! Il sembla se reprendre.

— Va pas te faire des idées, juste un coup de mou. J'ai un peu mal au bide. J'ai ouvert une boîte de sardines qui traînait. Et maintenant elles nagent à reculons. Elle était un peu rouillée, la boîte. Les poiscailles aussi.

J'ai fouillé dans la poubelle. La boîte de conserve datait d'avant les boîtes de conserve.

— C'est Gary Cooper qui te l'a donnée?

Il sourit.

— Interdiction de le répéter. Allez, aide-moi à me coucher.

Il prit appui sur mon épaule pour se hisser sur son lit. Il était aussi léger qu'un papillon. Je ramenai le drap et les couvertures sur son menton de petit enfant fragile. C'était bizarre, pour la première fois j'avais l'impression de m'occuper de lui. Je me suis approché de sa tête. Ses cheveux étaient soyeux, un peu clairsemés.

— Mon empereur, si on prévenait Joséphine. Tu ne veux pas la revoir?

— Elle t'a écrit?

J'ai hésité.

— Non.

Barracuda for ever

— Tu sais, Coco, il y a un truc que je ne t'ai pas dit.

— À propos du match contre Rocky?

Il marqua quelques secondes de silence pendant lesquelles je me demandai s'il ne s'était pas endormi.

— Non, reprit-il, c'est à propos de Joséphine. Tu sais, quand elle est montée dans mon taxi, cette nuit que je t'ai racontée.

— Oui, je me souviens.

— Elle m'a dit : allez tout droit, on verra bien où on arrive. On s'est arrêtés sur une plage de Normandie, un endroit qui s'appelle... Ah, je sais plus comment. Elle, elle doit se souvenir ; elle se souvient de tout. Elle se souvient pour deux.

Je déposai un baiser sur sa joue. Sa peau était douce. Je sortis. L'air était glacial et mes larmes se transformaient sur mes joues en petits ruisseaux de givre.

*

Dans mon sommeil, les grands arbres continuèrent à tomber dans le silence, les uns après les autres. Et souvent, au petit matin, je me réveillais le front baigné de transpiration.

Le téléphone sonna au milieu d'une de ces nuits. Mon père se leva. Je ne savais pas quelle heure il pouvait être, ni si on était plus proche

Barracuda for ever

du soir que du matin. J'essayai de deviner qui pouvait être à l'autre bout du fil, mais mon père répondait à peine, ou à voix basse, et j'avais du mal à comprendre les mots qu'il prononçait. Mon empereur appelait-il à l'aide ? Quelques minutes après, la porte d'entrée claqua, la voiture démarra.

Ce n'était plus un bruit de moteur rassurant, mais comme les trois coups de la fatalité. Le matin, je profitai du petit déjeuner pour dire à ma mère :

— Maman, j'ai l'impression qu'il y a eu un coup de téléphone, cette nuit.

— Un employé de ton père qui a eu un accident de voiture.

— Mais papa est parti, non ?

— Oui, c'était pour… chercher des dossiers importants que l'employé avait emportés avec lui.

Elle avait un sourire aussi pâle que son mensonge. Je partis pour l'école, les mâchoires soudées par l'angoisse. Les pires images me passèrent par la tête.

Alexandre s'en aperçut. Il portait sa casquette qui lui montait haut sur la tête, et dont les bandes de cuir brillaient au soleil. Vraiment jamais je n'avais vu personne porter ce genre de choses.

Il voulut me faire parler, mais je n'y arrivais pas. Le bruit des billes qu'il faisait s'entrechoquer

Barracuda for ever

dans sa poche pour me tenter ne parvenait pas à me dénouer. Il sourit et murmura dans un souffle :

— Il y a des choses qu'on ne peut pas dire, et ces choses-là sont sacrées.

J'eus alors l'impression que le silence unissait bien davantage que n'importe quelle parole.

Au début de la récréation suivante, en passant devant les portemanteaux, des garçons s'emparèrent de la casquette d'Alexandre. Butin en main, ils se ruèrent aussitôt vers la cour en poussant des hurlements de Sioux. Alexandre, aussi hébété que s'il avait été scalpé, se contenta de dire :

— J'étais sûr que ça arriverait un jour !

L'incroyable casquette volait de main en main, à la façon d'un ballon de rugby, roulait dans la poussière de la cour où on se la repassait à grands coups de pied. Lassés, on voulut l'achever en la piétinant.

— Attends, dis-je, tu vas voir.

— Laisse tomber ! murmura-t-il en essayant de me retenir.

Mais j'étais déjà loin. Je sentais l'homme invisible se détacher de moi, et couler dans mes veines tout ce qu'il y avait en moi de Napoléon. J'en allongeai trois d'affilée, et les autres jugèrent qu'il valait mieux s'intéresser à autre chose qu'à

Barracuda for ever

cette fichue casquette. Pour ce qu'il en restait, de toute façon !

Alexandre Rawcziik la contemplait, les larmes aux yeux. Il la tournait dans tous les sens, essayait de lui redonner une forme, mais ce n'était plus qu'un morceau de chiffon dont les couleurs criardes disparaissaient sous une couche de poussière. Son menton tremblait. Il haussa les épaules et me dit :

— Tiens, voilà tes billes, tu les as bien méritées. Ne les rejoue plus jamais.

— Garde-les encore un peu, si tu veux.

Il sourit, fit oui de la tête et me montra le haillon bariolé qui avait été sa fidèle casquette.

— Tu as vu ? Bonne pour la poubelle.

— Non, non… Aux vacances de Noël, on va aller chez ma grand-mère, dans le sud de la France. Je suis certain qu'elle pourra te l'arranger. Donne-la-moi.

Il hésita une seconde, puis me la tendit. Dans ses yeux, je lisais que cette casquette était pour lui aussi sacrée que mes billes l'étaient pour moi.

— Je suis sûr que ma mère m'a menti, dis-je. Il est arrivé quelque chose à Napoléon.

*

De retour de l'école, Alexandre et moi nous arrêtâmes dans une cabine téléphonique pour composer le numéro de Napoléon. Mais personne

Barracuda for ever

ne répondit et la sonnerie retentit une douzaine de fois dans le vide.

Nous nous séparâmes alors, presque sans aucune parole.

Ce soir-là, peut-être parce que j'avais la responsabilité de sa pauvre casquette, ou peut-être plus simplement pour conjurer l'angoisse qui me tenaillait, je ne résistai pas et me mis à le suivre. Il marchait lentement, mains dans les poches, nuque courbée en avant, perdu dans ses pensées. Le sac de billes accroché à sa ceinture ballottait sur sa cuisse à chaque pas. Je compris bien vite qu'il marchait sinon au hasard, en tout cas sans volonté de prendre le chemin le plus court. Il prenait au contraire plaisir à choisir les rues les plus détournées, les itinéraires les plus improbables, à emprunter plusieurs fois le même chemin, et l'espace d'un instant je me demandai s'il n'essayait pas de brouiller les pistes.

Il s'arrêtait parfois brutalement, l'attention captivée, s'accroupissait et sortait de sa poche un petit bout de bois qu'il promenait sur le sol. Je compris qu'Alexandre mettait à l'abri les insectes qu'il rencontrait : sous un banc ou le long d'un mur, là en tout cas où personne ne les écraserait. J'eus soudain honte d'avoir entrepris cette filature et bifurquai brutalement.

Je me précipitai à la maison, de nouveau taraudé par le sort de mon grand-père et bien décidé à

Barracuda for ever

interroger ma mère. Mais elle était absente. Je me réfugiai dans ma chambre, aussi mal en point que la casquette d'Alexandre.

J'entendis la porte d'entrée s'ouvrir. Mes parents précédaient une dame fine et sèche, dont les cheveux très bruns étaient remontés en un chignon tenu bien serré par deux baguettes chinoises entre-croisées. Tout était sec, chez elle, coupant, aiguisé. Ce chignon, c'était la seule chose ronde et douce.

Je comprends rapidement qu'il s'agit de la directrice de la maison de retraite et je suis surpris du soulagement que cela me procure. Au moins Napoléon est vivant. Je me glisse dans le couloir, et par l'entrebâillement de la porte tente d'observer la scène.

— Votre papa sera très bien chez nous, je vous assure. Nous avons un personnel hautement qualifié et prêt à faire face à n'importe quelle situation !

— Ce n'est pas un vieux comme les autres. Il est mal en point mais pas résigné du tout. Disons qu'il est beaucoup plus entêté que la moyenne.

Toujours cette drôle d'impression d'être au cœur d'un dessin de ma mère. Je la vois qui, tout en suivant la conversation, ne peut détacher ses yeux du chignon de la directrice. Il fait songer, ce chignon, à un nombril derrière la tête.

— Beaucoup arrivent un peu à contrecœur chez nous, c'est vrai, dit la dame brune, mais au

Barracuda for ever

bout de quelques semaines, ils se sentent chez eux. Et pour rien au monde ils ne nous quitteraient! On les dorlote, on les chouchoute, on les distrait. Et ils finissent par accepter l'idée de profiter de cette dernière, certes, mais enrichissante ligne droite. Vous savez, ils vont même à la piscine avec Silvio.

— Silvio? interroge mon père en fronçant les sourcils.

— Oui, le maître nageur. Avec lui, la révolte de nos pensionnaires finit de se diluer dans l'eau tiède.

— Remarquez, dit mon père, je ne vous demande pas non plus de nous le dissoudre dans le chlore. Seulement de le protéger contre lui-même.

Le crissement des stylos sur le papier. Mon père signe avec une sombre énergie. Le visage de ma mère est opaque, sans expression. La dame fait claquer son porte-document. Bruit de guillotine.

— Maintenant, dit mon père, le plus dur reste à faire: le convaincre. Ce n'est pas de gaieté de cœur que je fais ça, je vous assure.

La dame interrompt mon père en lui posant la main sur l'épaule. Un sourire d'une tendresse inattendue adoucit son visage.

— Situation classique, mon cher monsieur. Vous vous sentez coupable.

Barracuda for ever

— C'est pas faux, dit mon père en se dressant sur les bouts carrés de ses chaussures, un tout petit peu coupable. Oui, bon, pas mal coupable.

— Pas de temps, peu d'espace, la vie moderne. Il sera mieux chez nous.

Le visage de mon père s'amollit brusquement, une brume rêveuse mouille son regard.

— Quand même, qui aurait pu imaginer ça ? murmure-t-il. Vous, évidemment, vous ne l'avez pas connu du temps de sa…

Il s'interrompt, les mots sont capricieux, il regarde par terre, avale sa salive et plante ses yeux dans ceux de la directrice.

— Du temps de sa splendeur. Mon père en maison de retraite ! Merde alors !

— Résidence de convivialité, s'il vous plaît. Vous verrez, dans quelques semaines, vous ne regretterez rien.

— Si vous le dites. De toute façon, je ne vois pas d'autre solution. Il perd la tête ! Depuis quelques semaines, ça ne tourne plus rond du tout. Divorcer à quatre-vingt-cinq ans, c'était déjà bizarre, hein, avouez. Et puis il y a eu cette fois, quand on l'a retrouvé dans le coffre de sa bagnole. Pas bien claire cette histoire. Et la nuit dernière, le pompon. Le commissariat de Chartres m'appelle : un camionneur l'avait retrouvé sur le bord de la route.

Barracuda for ever

— Mais comment est-ce qu'il a fait pour arriver là ? s'étonne la dame.

— Je ne sais pas, il a dû faire du stop. Ce matin, il ne se souvenait plus de rien. Il m'a simplement dit : « Qu'est-ce que tu fous là, avec tes bouts de chaussures carrés ? »

Un silence s'installe pendant quelques secondes. La directrice laisse son regard tomber sur le bout des chaussures de mon père. Un sourire se forme sur ses lèvres.

— Est-ce que vous voudriez que je lui parle ? demande-t-elle. Que je lui fasse rencontrer ses futurs camarades ?

— SURTOUT PAS !! Sauf si vous aimez le drame et avez envie de mettre la clé sous la porte. Très mauvaise idée. Non, j'en ai une bien meilleure. C'est son anniversaire la semaine prochaine. On va l'inviter. Et si on s'y prend bien, peut-être que...

Je monte dans ma chambre discrètement. Je sors un atlas rangé dans ma petite bibliothèque, et j'y trouve une carte de France.

Chartres. Vers la Normandie.

*

Plus tard dans la soirée, je téléphone de nouveau à Napoléon. Cette fois-ci, il décroche très

Barracuda for ever

rapidement et tout de suite il dit, comme si ça ne pouvait être que moi :

— Mon Coco ! J'ai cru que tu avais des problèmes.

Entendre sa voix bien ferme me réconforte aussitôt.

— Ça va ?

— Au poil. Qu'est-ce que tu veux qu'il m'arrive ? C'est ton père qui déraille un peu en ce moment. Je l'ai retrouvé chez moi ce matin, avec une tête de six pieds de long.

— Grand-père, tu es assis ?

— Non, je fais le poirier !

— J'ai un message à transmettre à l'empereur.

— Fais gaffe, on est peut-être sur écoute. Faut se méfier de tout. Et de tous.

— Vi rajtas, ili deziras deporti vin. (Tu avais raison, ils veulent te déporter.)

Cette fois-ci, le silence dure plus longtemps. Une sorte de grognement résonne dans le téléphone. Puis il demande :

— On entre en résistance ?

— À vos ordres !

Lettre de grand-mère

Léonard chéri,

Franchement, mon grand gars, je suis dans le pétrin, et encore je suis polie, Édouard, dont je t'ai déjà parlé (tu sais celui qui mange sa baguette avec des baguettes), eh bien il s'est mis dans la tête de me faire visiter le Japon et l'Asie tout entière, du nord au sud et d'est en ouest, c'est bien gentil de sa part tu me diras, mais je préfère l'Europe, et encore l'ouest de l'Europe, et même le nord de l'ouest de l'Europe, comme je te l'ai dit il connaît très bien cette région du monde où il a vendu des allumettes et acheté des baguettes toute sa vie (mais pourquoi il taillait des allumettes s'il avait besoin de baguettes, et pourquoi là-bas ils taillaient pas leurs baguettes s'ils avaient besoin d'allumettes, je n'ai pas osé lui demander).

Heureusement, je le sentais venir, et je lui ai dit que je ne pourrais pas me déplacer avant d'avoir terminé ma tapisserie, évidemment comme j'ai ma fierté je ne voulais pas lui dire que je tricote un pull pour mon ancien

Barracuda for ever

mari qui m'a proprement renvoyée pour cause de renouvellement après 50 ans de mariage, alors j'ai repensé à Pénélope la femme d'Ulysse qui gagne du temps avec sa tapisserie. Remarque quand on y pense, Pénélope c'est la première femme de marin, la première des gourdes!

Il paraît qu'on revient tout transformé du Japon et de l'Asie tout entière, mais personnellement je ne comprends pas bien l'intérêt de revenir transformée d'un voyage, je me trouve très bien comme je suis et quand je me regarde dans la glace je comprends encore moins pourquoi ton grand-père m'a fichue à la porte, enfin comprendre, c'est pas le mot, parce que je sais très bien ce qu'il a dans sa tête toute cabossée de vieux chameau, il en a plein, des bosses, bien plus que deux, c'est à cause de sa fierté de boxeur. En ce moment je repense sans arrêt à une plage de Normandie où on est arrivés au petit matin avec Napoléon, un voyage encore plus lointain que le Japon, je suis certaine qu'il l'a oubliée, c'est pas un sentimental, mais moi je m'en souviens pour deux

Surtout, va pas lui dire que je te confie tout ça, il croirait que je m'accroche, alors que ce vieux fou je vais le laisser mariner dans sa solitude et tant pis pour lui, c'est lui qui se mettra à genoux pour que je revienne, bref, Ed (Édouard) m'a demandé quand la tapisserie serait terminée pour s'occuper des billets d'avion et je lui ai dit que je n'en étais qu'aux manches alors qu'on avait le temps de voir venir, en réalité j'en suis déjà à la moitié du buste, je tricote plus vite que mon ombre, il a eu l'air un peu fâché et aussi de trouver ça louche, mais juste à ce moment-là il a pris appui sur ses deux mains comme s'il voulait se jeter sur moi pour m'embrasser, comme s'il avait encore 20 ans, mais le problème c'est que sa main droite, il l'a posée sur la grille du barbecue coréen encastré dans la

Barracuda for ever

table, alors il a été fauché dans son élan et il a poussé un hurlement en levant les pattes en l'air, avec la grille soudée à la main, ça faisait pchhhhhht, l'envie de m'embrasser s'était envolée, tu penses.

Il a fallu appeler les pompiers, en les attendant il a serré les mâchoires pour faire bonne figure mais il souffrait comme un chien avec la grille qui continuait à lui cuire la main, ça sentait le cochon grillé mais je ne lui ai pas dit, il s'est calmé en sortant deux ou trois haïkus, un truc de là-bas vraiment épatant.

Il a fallu lui faire un gros bandage autour du poing et les larmes me sont venues aux yeux car ça m'a fait penser aux gants de boxe de ton grand-père, je m'en voulais de penser à ce vieux chameau alors qu'Ed était là, devant moi, à souffrir par ma faute, les pompiers l'ont embarqué mais avant il m'a fait promettre que, lorsqu'il serait rétabli, nous irions direct au Japon par le premier métro, j'ai promis car il était dans un état qui nécessitait du réconfort moral, il m'a quittée sur un joli sourire en disant, les dents serrées : « L'amour, ça fait mal. »

Et les portes du camion de pompier se sont refermées, j'ai dû rentrer toute seule, en pensant à ton chameau de grand-père, et à la phrase d'Ed, c'était vrai ce qu'elle disait, cette phrase, incroyablement vrai, dans son peignoir blanc il devait être superbe, ton grand-père, dommage que je ne l'aie jamais vu combattre, des fois, tu vas rire, je lui demandais de s'habiller en boxeur rien que pour moi, c'est vraiment dommage qu'il ait arrêté après ce match contre Rocky, j'ai essayé de le pousser à remonter sur un ring, mais rien à faire, il ne voulait plus en entendre parler, il a dû te raconter que le match était truqué, et c'est vrai d'une certaine façon, je me suis assise sur un banc, le lac soufflait une sorte de vapeur fraîche, subtile et délicate,

Barracuda for ever

j'avais le cœur lourd et léger en même temps, sans savoir si j'étais joyeuse de ma vie passée ou triste de mon présent, j'aurai toujours pour lui les yeux de la petite voyageuse d'autrefois, et j'ai l'impression d'avoir encore des grains de sable coincés entre les orteils, prends bien soin de lui car c'est le genre à pas du tout savoir vivre tout seul, à entrer dans le grand âge en sautillant sans se rendre compte que l'arbitre s'apprête à frapper le gong final.

Sinon ta maman m'a appris que vous alliez venir pour Noël, tu m'écriras sur un morceau de papier les mots qu'il y a inscrits sur les gants de boxe et sur la boule de bowling de ton grand-père, car je ne suis vraiment pas certaine de l'orthographe, c'est de l'anglais ou de l'américain, je crois, recopie sans fautes, car ça m'embêterait de tout détricoter rien que pour l'orthographe

Ta grand-mère qui t'aime

PS: Quand tu viendras, je te parlerai des haïkus, tu verras, c'est un truc extra pour la détente

PS: t'as vu j'y arrive toujours pas pour les points mais on comprend quand même

16

Mon père misait avant tout sur l'effet de surprise.

— On ne le prévient pas, et au dernier moment, paf, on va le chercher. Impossible de refuser. Il s'amène et là : homard, petit salé (son plat préféré), gâteau, bougies, *happy birthday*, souvenirs d'enfance et *tutti quanti*. Le grand jeu ! On le travaille au cœur, quoi !

Il regarda le bout de ses pieds et ajouta :

— Et même, tiens, mes chaussures à bout carré, je vais les retirer. J'aurai vraiment tout fait...

Au dernier moment, alors qu'il s'apprêtait à aller chercher Napoléon en voiture, une idée l'illumina brutalement.

— Mais dis donc, si tu allais le chercher, toi ? me demanda-t-il.

— Moi ?

— Oui, ça serait bien ! Tu arrives, tranquille, relax, et tu lui dis comme ça : «Viens manger

Barracuda for ever

à la maison.» L'air de rien, sans avoir l'air d'y toucher. Avec toi, il ne se méfiera pas. Tu comprends?

— Oui, je comprends. Papa, tu es machiavélique.

— Évidemment tu ne lâches rien de rien sur notre idée; tu dis juste qu'on avait envie de le voir.

Il se dressa sur la pointe des pieds, posa sa main sur mon épaule et déclara:

— Tu seras mon agent infiltré.

*

Avant même que je ne frappe contre la porte, il cria:

— Entre, Coco!

J'entrai.

Ce fut comme une apparition: il était là, au milieu du salon, sapé comme un milord. Et surtout, chose incroyable, il se tenait debout, droit comme un i, nonchalamment appuyé sur l'accoudoir de son fauteuil, les jambes croisées et comme enveloppé d'une vapeur royale qui se confondait avec son costume tout blanc et ses cheveux. Il était éblouissant.

— Tu es debout, grand-père! Tu tiens debout!

— Comme tu vois, Coco. Je te dis, un simple lumbago. Médecin, tu parles! Tu crois qu'un boxeur se laisse avoir comme ça?

Barracuda for ever

Il souriait, à l'aise et décontracté avec ses beaux cheveux blancs ramenés en arrière et gominés avec le plus grand soin. Un nuage d'eau de Cologne le surplombait.

Mon empereur au mieux de sa forme.

Mais bientôt, je me rendis compte que son bras en appui sur l'accoudoir tremblotait légèrement. Une petite grimace déformait son sourire et de minuscules perles translucides faisaient briller son front.

J'avais sous les yeux une belle image de mon empereur, mais une image que je ne voulais pas voir se déchirer sous mes yeux.

— Assieds-toi, dis-je, j'ai quelque chose à te dire.

Il ne résista pas.

— Tu as raison. Une réunion de l'état-major se fait assis.

Puis il s'épongea le front et déclara :

— Je t'écoute.

Il m'écouta en effet le plus attentivement du monde puis éclata de rire :

— C'est tout ce qu'il a trouvé? On va y aller. Faut bien se marrer un peu, Coco.

Il enfila son éternel blouson noir aux poches déchirées qui tranchait sur son ensemble blanc. Puis il marqua une hésitation.

— Tiens, il y a longtemps que j'en avais envie mais ce soir, c'est une occasion. Tu n'es plus mon aide de camp.

Barracuda for ever

— Ah bon?

— À partir de ce soir, tu es mon premier général. Celui avec lequel je mènerai mes dernières batailles!

Je l'installai dans la Peugeot 404 et pliai le fauteuil à l'arrière. La nuit était froide mais claire. Une voûte d'étoiles nous surplombait.

— Si on continuait tout droit, Coco? Droit devant sans s'arrêter. Ou juste pour bouffer un sandwich dans un relais routier et dormir sur un parking?

— Oui, grand-père, ça serait bien. On irait où?

— Tout droit, là-bas, vers la mer. Vers l'aventure et la liberté. Tout droit jusqu'à...

Il s'arrêta à un feu rouge qui passa rapidement au vert, mais il ne démarra pas pour autant.

— Tu vois, Coco, c'est bizarre, des fois j'ai l'impression de me souvenir de tout, et d'autres fois c'est comme une buée qui s'évapore. Même Rocky, des fois, je dois chercher au moins dix minutes pour le reconnaître. Je me dis, tiens, ce type, il me rappelle quelqu'un...

Mon cœur se serra. Toutes ces choses que nous ne ferions plus jamais ensemble, toutes ces choses de ma vie qu'il ne connaîtrait jamais me prenaient à la gorge.

Une voiture klaxonna derrière nous.

— Ce que les gens sont pressés! dit Napoléon.

Barracuda for ever

*

Napoléon avait une montagne de carapaces rouges dans son assiette. Crabes, homards, langoustines : mon père tentait de l'amadouer par l'estomac. Avec sa poigne de boxeur, il avait tout éclaté sans aucune pince.

Ma mère servit le petit salé, plat simple et roboratif que Napoléon adorait.

— Ça te fait plaisir, hein ? lui demanda mon père.

— Mieux vaut un petit salé qu'un grand salaud !

Mes parents échangèrent un regard confus tandis que Napoléon, lui, ricanait de façon bruyante en commençant à engloutir ses lentilles. Il leva le nez pour ajouter :

— Ça fait un peu péter mais bon…

Cette dernière élégance torpilla la conversation pendant un long moment. De toute façon, à force de se faufiler entre tous les sujets qui risquaient de faire déraper la situation, il n'y avait plus que des raisons de se taire.

— Quel temps glacial ! finit par déclarer mon père.

— Ouais, répondit Napoléon. Fait pas chaud. Surtout chez toi. Chez moi, ça va. Ça doit venir de l'ambiance.

Barracuda for ever

Mon père fit semblant de ne pas avoir entendu. Il entreprit d'empiler les assiettes sales.

— Tu changes les assiettes? demanda Napoléon.

— Pour le fromage!

— Pas la peine, j'ai mon Opinel, dit mon grand-père.

Il tapota sur la pochette de sa chemise où il rangeait son fameux canif qu'il finissait toujours par déplier au cours des repas.

— Ta, ta, ta, répondit mon père, aujourd'hui on met les petits plats dans les grands. Tu es à l'honneur. C'est pas tous les jours ton anniversaire! Un peu de cérémonie, que diable!

Napoléon écoutait mon père, les bras croisés sur sa poitrine.

— Finalement t'es plutôt sympa comme fils, fit-il d'une voix neutre.

La figure de mon père se fendit d'un sourire reconnaissant, puis il chercha le regard de ma mère comme pour l'associer à sa joie, trop vive pour ne pas être partagée.

— Pas malin malin, mais plutôt sympa, continua Napoléon. Elle avait raison, Joséphine.

— Qu'est-ce que Joséphine vient faire là-dedans? demanda mon père d'une voix blanche. Qu'est-ce que tu veux dire, en fait?

— Rien de spécial.

Barracuda for ever

— Enfin bref, tu admettras que ce soir on est bien, là, tous ensemble. C'est bon de se retrouver, non ?

Ma mère, qui avait quitté la table, revint y déposer un plateau de fromages sur lequel Napoléon se pencha.

— Putain de plateau ! Merci, Samy.

La surprise de mon père m'émut instantanément.

— Tiens, dit-il, ça fait longtemps que tu ne m'as pas appelé par mon prénom ; ça me fait plaisir. Je finissais par me dire que tu l'avais oublié.

— Eh ben t'as raison, ce matin j'ai dû chercher sur le livret de famille.

Napoléon cacha un demi-sourire de jubilation. Puis il promena son nez au ras du plateau avant de déclarer solennellement :

— Ça pue comme il faut. Je croyais que t'aimais que les fromages en plastoc.

Puis il sortit de sa poche un canif dont la lame brillante jaillit devant son visage. Il passa la pulpe de son pouce dessus pour en vérifier l'affûtage.

— Je sais que tu adores le fromage ! dit mon père. Surtout le camembert. Je me souviens, quand j'étais petit, c'est toujours le camembert que je choisissais à la cantine. Pour faire comme toi.

— Arrête, tu vas me faire chialer.

— Allez, avoue que t'es ému. Ça t'étonne, hein, que je me souvienne de tout ça ?

Barracuda for ever

Napoléon ricana :

— Oh, c'est pas tellement ça qui m'étonne…

Le menton de mon père tremblotait ; pendant quelques secondes, j'eus l'impression que Napoléon cherchait à le faire éclater en sanglots et que seul le regard de ma mère empêchait les larmes de jaillir.

— Et… qu'est-ce qui t'étonne… papa ? trouvat-il la force de demander.

— Tu veux vraiment savoir ? Ce qui m'étonne, tu vois, c'est tout ce tralala… Ça rime à quoi ? Homards, petit salaud, euh… excuse, petit salé, souvenirs d'enfance à la con… Pour que tu aies retiré tes bouts carrés, ça doit être important !

Il piqua la pointe de son canif dans un morceau de camembert qu'il porta à la hauteur de ses yeux pour l'examiner comme une pépite. Puis il mordit dedans et mâcha bruyamment en promenant sur mon père un regard morne.

— Pourquoi on t'a invité ? murmura mon père. Mais pour ton anniversaire, papa ! Pour te voir et passer un moment avec toi. Tout simplement. Mais rien n'est jamais simple avec toi. En plus, comme on sera chez Joséphine pour Noël, on s'est dit que… On est une famille quand même. On a même prévu un gâteau.

— Comme c'est attendrissant ! dit Napoléon en faisant mine de s'essuyer une larme sur la

Barracuda for ever

joue. Et à part me noyer dans la crème chantilly, c'est quoi, l'idée?

Ma mère se faufila alors auprès de mon grand-père et lui caressa la tête en un geste si gracieux, si intime, que le temps sembla s'arrêter pendant de longues secondes.

— Napoléon, murmura-t-elle, laissez-moi vous dire que vous exagérez. Vous ne comprenez pas ce que votre fils a sur le cœur...

Mon grand-père haussa les épaules.

— Parce qu'il a un cœur? Bonne nouvelle.

— Parfaitement. Un gros, gros cœur, même.

— Si vous le dites... Faudrait faire des fouilles pour confirmer.

Puis il planta son regard dans celui de mon père avant d'ajouter:

— Alors, tu la craches ta Valda?

Mon père prit son souffle.

— Nous voulions te dire que tu ne peux plus vivre seul.

— Ah ouais, on y vient enfin. J'ai bien cru que ça sortirait jamais, que tu resterais constipé jusqu'à la fin des temps. Je peux plus vivre seul, rien que ça. Le scoop du siècle! T'as appelé France-Presse?

Napoléon tira de la pochette de sa chemise une vieille allumette taillée en pointe qu'il glissa entre deux dents. Elle y resta coincée, toute droite.

Barracuda for ever

— Oui, papa, il faut voir les choses en face : le divorce, le renouvellement, ta chute, la façon dont tu t'es comporté avec Irène. Et puis la semaine dernière... Tu peux me dire ce que tu fichais à Chartres, en pleine nuit ?

— Ça, c'est toi qui le dis. Je ne me souviens de rien. Sauf de ta bobine au petit matin, et de tes bouts carrés ; ça ne s'oublie pas, un réveil pareil.

— Justement, c'est encore plus inquiétant. Il y a une maison très bien, en face de l'école. Tu y serais chouchouté. Qu'est-ce que t'en dis ?

— J'en dis qu'il est épatant ton calendos. Je me souviens à Boston, en 1952, j'ai trouvé un camembert extraordinaire. À Boston, en 1952, tu te rends compte ?

Puis il se mit à renifler la pointe de son cure-dents.

— Arrête ça, c'est dégoûtant, s'écria mon père.

— Moins dégoûtant que ce que tu me proposes !

Il ferma un œil pour viser la poubelle et lança son cure-dent qui finit sa course dans un pot de fleurs.

— Raté ! dit-il.

Et il afficha un sourire provocateur.

— On s'est dit, continua mon père, que tu aurais peut-être envie, un jour, d'avoir des amis,

Barracuda for ever

de faire des activités de toutes sortes, tu sais, paraît qu'ils font de la céramique...

— Oh putain, de la céramique...

— Enfin, qu'on s'occupe de toi. Ça te tente vraiment pas de fréquenter des gens comme toi?

— Tu peux me dire ce que t'entends par *comme moi*? demanda Napoléon d'une voix glaciale.

Pour toute réponse, mon père se dressa sur la pointe des pieds. Puis il éprouva le besoin de desserrer le col de sa chemise. Napoléon reprit:

— Résumons: tu veux me déporter, quoi!

— Tu délires, papa, on ne te parle pas de camp de concentration mais d'une résidence de convivialité.

— Kia gastameco, fik', êu ne Bubo! (Convivialité mon cul, hein Coco!)

J'ai souri, et mon père m'a demandé à voix basse:

— Qu'est-ce qu'il dit?

— Oh, rien, juste que t'es bien gentil.

Mon père fit quelques pas vers Napoléon, s'accroupit devant lui pour se trouver à sa hauteur.

— Enfin bref, papa, une maison où on te soignera, où tu ne te mettras pas en danger, et où tu t'amuseras. Il y a de petits spectacles musicaux. Vois les choses en face, tu as perdu tous tes copains.

Barracuda for ever

— Ils étaient fragiles, c'est tout. Pas assez de sport.

— On viendra te voir souvent, c'est juste à côté. C'est coquet comme tout; il y a du forsythia dans les jardins.

— Le forsythia, ça sent la pisse, déclara Napoléon.

— Une maison qui me coûtera un bras tous les mois. Je vois franchement pas le rapport avec un camp de concentration.

— Luxe ou pas, personne n'y entre de bon cœur, et personne n'en sort vivant! Ça fait quand même deux points communs!

Mon père soupira, découragé. Il tapota le genou de Napoléon puis se redressa.

— Si tu préfères rester tout seul dans ta baraque aussi vieille que toi jusqu'à ce que tu y foutes le feu, ou si t'aimes mieux bouffer des croquettes dans le coffre de ta 404, libre à toi, après tout.

— Tu l'as dit, bouffi: libre à moi. Rupture des négociations? demanda Napoléon en souriant.

Mon père s'efforça de prendre un ton enjoué:

— Allez, temps mort, on va manger ton gâteau. Un gâteau comme t'aimes, avec beaucoup de chantilly. Ça va tous nous remettre d'aplomb.

— Banco! dit Napoléon.

Barracuda for ever

Ma mère apporta le gâteau, à petits pas pour que les bougies ne s'éteignent pas.

— Prends ton souffle, papa. Si tu n'arrives pas à toutes les souffler, on t'aidera.

1... 2... et...

Quelques secondes après, la chantilly projetée par le souffle de Napoléon dégoulinait sur le visage de mon père.

— Tu dis quoi? demanda Napoléon. M'aider, c'est ça?

Il regarda ma mère longuement et ajouta:

— Elle est bien bonne. La chantilly, je veux dire!

Le ton de sa voix trahissait sa jubilation. Par contre, muet de stupeur, de colère et d'humiliation, bras ballants, mon père ressemblait à un clown grotesque au centre d'une piste de cirque. Je ne pus m'empêcher de baisser les yeux.

— Tu sais où est ton problème, papa? demanda-t-il soudain, la voix tremblotante. Tu vas voir, où il est!

Et il disparut dans un souffle.

— Ben où il va? demanda Napoléon, interrogeant ma mère du regard. Qu'est-ce qui lui prend? On se marrait bien et...

Les mains de ma mère tremblotaient légèrement.

— Non, Napoléon, on se marre pas. Vous me faites de la peine à moi aussi.

Barracuda for ever

— Pardonnez-moi. Dégât collatéral.

— Votre fils ne mérite pas ça.

— Qu'il y aille, lui, dans sa maison pour vieux cons si on y est si bien.

La porte du sous-sol claqua enfin. Et quelques secondes après, mon père surgit.

— C'est ça que tu veux ? cria-t-il d'une voix que je ne lui connaissais pas. C'est comme ça que tu veux me voir ? Que tu aurais voulu me voir, *papa*. Il t'embête ce mot, hein : *papa, papa, papa*.

Il brandissait deux gros gants de boxe.

Pris par surprise, déstabilisé, Napoléon essayait de faire preuve de la repartie à laquelle il nous avait habitués mais aucun son ne sortait de sa gorge.

— Arrête ça, se contenta-t-il de grommeler.

Mon père fit rouler ses poings devant lui, maladroitement, comme une marionnette. Puis, sentant qu'il marquait des points, il sautilla sur place d'un pied sur l'autre.

— Putain, dit Napoléon, tu vas arrêter ce cirque.

Mais mon père s'engouffrait dans la brèche qui faisait voler en éclats la défense de Napoléon. Il lançait en avant ses bras mous, passait d'une jambe sur l'autre sans aucune grâce, se mettait en position pour tenir une pitoyable garde. Son ventre rebondi ballottait un peu. C'était une affreuse et ridicule caricature de boxeur. Plus il

Barracuda for ever

était pitoyable et grotesque, et plus il prenait le dessus et jubilait.

— C'est comme ça que tu voulais que je sois, hein? Comme ça que j'aurais été ton fils? Ma seule chance de me faire aimer de toi, c'étaient eux, ces putains de gants de boxe.

Ma mère, de nouveau derrière ses crayons, immortalisait la scène sur le carton d'emballage du gâteau.

— Arrête, arrête, dit Napoléon.

Il se cachait les yeux avec son avant-bras comme si les coups lancés par mon père dans le vide étaient autant de directs qu'il recevait. Je n'avais jamais vu Napoléon à ce point sur la défensive.

— Là, oui, sur un ring, peut-être que tu m'aurais un peu pris au sérieux, peut-être que là j'aurais été autre chose qu'un clown à tes yeux. Mais voilà, on ne choisit pas. Je ne tiens pas de toi. Faut que ça entre dans ta tête toute cabossée!

— Et puis merde, je m'en vais, dit Napoléon. Saloperie de baraque!

— Où tu vas? s'écria mon père.

— Je me casse. Je crois que j'ai gardé une grenade quelque part au sous-sol. Je vais leur offrir un joli feu d'artifice, à tes vieux. Laisse-moi passer.

Il tenta de dégager son fauteuil pour battre en retraite, mais mon père lui barra le passage.

Barracuda for ever

Et là, l'espace d'une seconde, que dis-je une seconde, le temps d'un éclair, nous vîmes mon père prendre la pose d'un vrai boxeur : sur ses gardes, bien en appui sur sa jambe avant, les épaules arrondies, à l'affût derrière ses gants, solide et souple sur ses genoux avec le poids sur la pointe. La pose instinctive d'un grand boxeur.

Ce spectacle qui dura le temps d'un battement de cœur nous foudroya, mon empereur et moi. J'eus l'impression que Napoléon, brûlé par cette vision, était à deux doigts de s'écrouler en sanglots.

Mais c'était terminé. Mon père, hébété, stupéfait par sa propre audace, regardait ses deux gants comme s'il était étonné de les trouver là.

— Tu vois, dit-il, tu ne m'as même pas jugé digne d'en avoir des neufs. Ils ont toujours été trop grands pour moi. Et ils puent. Tu les as récupérés où, ceux-là ?

Ma mère fit un discret signe d'apaisement en direction de mon père. Napoléon avait perdu la bataille et il ne servait à rien de le piétiner davantage. Il nous tournait le dos, face à la porte-fenêtre où il semblait perdu dans la contemplation d'une bruine verglacée qui tombait du ciel noir.

Soudain, il se retourna et déclara :

— Maintenant que vous avez fini avec vos conneries, vous savez ce qui me ferait plaisir ?

17

Samedi soir. Bowling de Melun. Des jeunes partout et la bière qui coule à flots. Quelques-uns sont là pour oublier qu'ils n'ont pas de travail le lundi. Et les autres qu'ils en ont. Dans tous les yeux, une boule et dix quilles.

Napoléon frappa ses mains dans d'autres mains, cogna son poing dans d'autres poings. Sa piste fétiche lui était réservée. Il conduisit mes parents vers le comptoir de location des chaussures.

— 37 et 42 ? dit l'employé. Pour madame, ça va... Mais pour monsieur... Il ne me reste que du 39...

— Ça ira ! dit Napoléon. Ça ira très bien. Faut toujours prendre un peu court...

Tandis que mes parents se chaussaient, je l'aidai à glisser ses pieds dans ses jolis souliers.

— N'oublie pas le double nœud, Coco.

Puis il se mit à s'échauffer en faisant de grands moulinets avec les bras.

Barracuda for ever

— Ça a l'air facile, dit mon père en regardant les joueurs s'élancer. Par contre les chaussures, je sais pas, mais j'ai l'impression que…

Il avançait difficilement, les pieds en triangle, en prenant appui sur l'épaule de ma mère.

— Vous êtes certain que ça se porte comme ça? demanda-t-elle à mon grand-père. Parce qu'il souffre quand même beaucoup.

— Je vous dis que ça se porte court, répondit Napoléon. Évidemment, à force de porter des bouts carrés… Bon, on y va. Tu veux les glissières pour t'aider?

— Hors de question. Tu vas voir.

On a vu.

Deux heures après, mon père n'avait toujours pas fait chuter une seule quille, s'était fait tomber la boule cinq fois sur l'orteil, et trois fois sur le nez. Il courait sur la piste d'élan en boitillant, et lâchait sa boule qui semblait lui coller à la main; elle rebondissait lamentablement sur le parquet avant d'aller se loger dans les gouttières.

Pendant ce temps-là, sur son fauteuil que je poussais sur le parquet, Napoléon projetait sa boule noire avec grâce et désinvolture. Il tournait le dos à la piste avant que la boule n'atteigne les quilles, et quand il les entendait se caramboler les unes les autres, il disait: strike! Parfois, il manquait son coup, et rien qu'au son produit par le chamboulement des quilles, il était capable de dire:

Barracuda for ever

— Tiens, il y en a une qui fait sa capricieuse. Celle du milieu.

Ma mère, qui avait rapidement renoncé, semblait prendre un grand plaisir à observer tout ce petit monde.

— Allez applique-toi, dit enfin Napoléon. Plus qu'un seul coup. Faut terminer sur un coup de maître! Détends-toi, t'es tout crispé.

— T'es marrant, toi, bougonna mon père, avec ces chaussures…

— Je te dis que ça se porte comme ça. Allez, pète un coup, ça ira mieux.

Cette remarque élégante souleva un tonnerre de rires autour de nous.

— Oh ça va, hein.

Mon grand-père me lança un clin d'œil.

— Grandajn batalojn onivenkas lastminute, memoru tion, Bubo. (Les grands combats se gagnent dans les dernières minutes, retiens bien ça, Coco.)

Plus tard, je devais repenser à cette phrase avec un mélange de tendresse et de chagrin.

— Qu'est-ce qu'il dit? demanda mon père en s'apprêtant à prendre son élan.

— Oh rien, juste que t'as la bonne position.

Il prit son élan, mais au lieu de partir, la boule resta accrochée à ses doigts et, entraîné comme une torpille, mon père glissa sur le parquet, ventre à terre jusqu'aux quilles.

Barracuda for ever

— Putain de strike! murmura simplement Napoléon. Le style est discutable, mais j'avoue qu'il y a de l'idée.

Une fois la tête dégagée des quilles, le menton écorché et les doigts toujours coincés dans la boule, mon père revint vers nous en titubant, au milieu d'une double haie de joueurs à la fois admiratifs et ricaneurs. Il se réfugia auprès de ma mère qui tenta de tirer la boule.

— Rien à faire, dit-elle, elle est coincée, tes doigts ont dû gonfler.

— Franchement, chérie, j'en peux plus. L'année prochaine, rappelle-moi d'oublier son anniversaire.

Ma mère sursauta, son regard se figea pendant quelques secondes; puis elle fit un pas en arrière et contempla mon père pensivement.

— Eh ben quoi? demanda mon père. Pourquoi tu me regardes comme ça?

— Pour rien. Je te trouve très beau.

— Avec ma boule, ma gueule défoncée et mes pieds de traviole?

— Très beau parce que très fragile. Tout ce qui est fragile est beau, tu ne trouves pas?

Mon père haussa les épaules et brandit sa boule.

— Je te promets d'y réfléchir, mais là, j'ai des préoccupations plus urgentes. Comment est-ce que je vais faire pour conduire?

Barracuda for ever

Puis, se tournant vers Napoléon :

— T'avais tout prévu, c'est ça ? Tout manigancé ?

Napoléon haussa simplement les épaules, puis fit sauter sa boule noire dans ses mains.

— Je préfère même pas répondre. Allez, à mon tour !

Un simple regard, un discret geste de l'index, j'ai compris que je devais laisser mon empereur agir. Seul.

Et brutalement, comme poussé par un puissant ressort, il se leva. La mâchoire de mon père se décrocha, son bras lesté par la boule se mit à se balancer, il se laissa tomber sur la banquette à côté de ma mère.

Le silence absolu se fait. Plus aucune quille ne tombe. Plus aucune boule ne roule. Le chœur des joueurs autour entonne d'une seule voix :

— Ohhhhhhhhhhhhhhhhhh !

La démarche de Napoléon est un peu incertaine, ses pas courts et mécaniques, mais il avance vers la piste, impérial, promenant sur l'assistance son regard fier et dominateur.

C'est l'empereur dans toute son éternité.

Encore trois mètres, deux, un… Le voilà face à la piste.

Une petite course d'élan de quelques mètres… Il se fend en deux… La jambe droite en arrière, l'autre devant, genou fléchi à angle droit. Articulations

Barracuda for ever

solidement verrouillées. Géométrie parfaite de l'artiste. Sa boule s'envole aussi gracieusement qu'un oiseau noir qui reprend sa liberté.

Tout le monde se frotte les yeux. Soudain, deux mains qui claquent, puis quatre, puis dix, et bientôt c'est un tonnerre d'applaudissements qui se déchaîne. Napoléon salue.

Je suis le seul à voir son sourire qui se pétrifie, sa mâchoire qui se crispe, il vacille imperceptiblement. Comme les arbres de mes nuits. Discrètement, j'approche son fauteuil.

Il s'assoit gracieusement, le sourire aux lèvres. Synchro parfaite. Il est à bout.

— Dankon Bubo, post dek pluajn sekundojn mi cedus! Kaj li povis deporti min kiel plukita floro. (Merci, Coco, dix secondes de plus et je flanchais! Et il pouvait me déporter comme une fleur.)

— Qu'est-ce qu'il dit? demande mon père.

— Oh rien, juste qu'il irait bien danser maintenant!

Une heure après, je lui disais au revoir, chez lui. Il neigeait et son fauteuil glissait sur le sol.

Nous n'allions pas nous voir pendant plusieurs jours. Les vacances arrivaient et nous partirions bientôt voir Joséphine.

— Tu veux que je lui dise quelque chose de ta part?

— Dis-lui que tout va bien, mon Coco.

Barracuda for ever

Les flocons se déposaient un à un sur les vitres.

— Et que je pense à elle, ajouta-t-il. Un peu. Pas tous les jours, mais un peu.

Il réfléchit pendant quelques secondes et ajouta:

— Oh et puis merde, dis-lui que je pense à elle souvent.

Je l'aidai à se coucher. Il gonflait à peine le drap et les couvertures. D'un geste, il m'appela vers lui et me chuchota à l'oreille:

— Coco, tu vois, des tas de trucs m'échappent en ce moment. La plupart je m'en fous, mais il y a le nom de cette plage, là... Je passe des nuits à le chercher, mais rien à faire. Tu sais, la plage de Joséphine. Alors si tu peux, mine de rien, de fil en aiguille...

— Promis, tu peux dormir sur tes deux oreilles.

18

Deux jours après, nous filions vers le sud de Joséphine à travers un continuel rideau de pluie.

Depuis le repas d'anniversaire et la soirée au bowling, mon père n'était pas revenu sur l'exploit de Napoléon. Il n'avait pas non plus reparlé de la résidence de convivialité. Les conversations n'avaient tourné qu'autour de sa banque et des obligations qu'elle imposait, ou bien de mes résultats scolaires qu'il jugeait impeccables.

Il fallut s'arrêter pour prendre de l'essence. Mon père était tellement rêveur et lointain qu'il laissa le réservoir déborder. Plus loin, au péage, il s'arrêta trop loin de la machine pour y glisser sa carte et dut se faufiler entre la portière et la rampe de béton pour s'en rapprocher et enfin parvenir à payer. Cette opération terminée, il resta à regarder devant lui sans démarrer, longtemps après que la barrière se fut levée. Puis il dit solennellement, comme si ces mots demandaient à sortir depuis des jours :

Barracuda for ever

— J'ai pensé à un truc. Évidemment vous allez trouver ça bizarre, mais quand même... S'il était... Hummm...

— S'il était quoi ? demanda ma mère.

— Je sais pas, tu vois l'autre jour il s'est levé. Aucun doute là-dessus. On l'a tous vu, j'ai pas rêvé ?

— Non.

— Pourtant tu te souviens, le médecin a bien dit que jamais il ne pourrait se lever. Bouger ses jambes, oui, se lever non. Rappelle-toi comme il était catégorique. S'il avait, je sais pas moi, une sorte de truc pour se régénérer, un genre de sérum. J'ai lu des choses là-dessus à la bibliothèque, paraît qu'il y a des insectes comme ça qui peuvent vivre cent, cent cinquante ans même.

— Mais enfin, Samuel, dit ma mère, ton père n'est pas un insecte.

Puis, voyant que cette réponse n'était pas au goût de mon père, elle ajouta :

— Mais c'est vrai, faut admettre que c'est étrange. Il fait mentir la science.

— Et puis je me souviens, dit mon père, quand j'étais petit, on allait passer nos vacances pas loin d'une centrale nucléaire. On se baignait dans une eau très chaude, un peu verte. Il disait que c'était des nappes souterraines, mais si ça se trouve... Il y avait des algues partout et Napoléon disait qu'elles étaient bonnes pour la santé,

Barracuda for ever

que ça faisait une bonne salade. Une radiation qui se met de travers et hop, tu deviens...

Il se retourna vers moi tout en conduisant :

— Léonard, peut-être que Napoléon est un MUTANT !

*

Le soir même, Joséphine me montra sa tapisserie. Les manches étaient terminées ainsi que la première moitié du buste. Le plus dur à présent allait être d'inscrire la phrase *Born to win* en laine blanche.

— Dans quelques semaines, elle sera terminée, soupira Joséphine. Mon prétendant, là, tu sais, Édouard, il n'attend que ça pour m'embarquer en Asie.

Elle esquissa un sourire espiègle et reprit :

— Je croyais pas qu'on pouvait encore m'enlever. Marrant ! Le bout de laine, là, t'as pas envie de le tirer ?

— Ça va détricoter le pull, hésitai-je.

— Justement, allez, juste deux ou trois rangées. Pour gagner un peu de temps. Ça se fait depuis longtemps : un classique !

Et puis, réalisant l'épaisseur de laine entortillée qui commençait à s'amasser, elle m'arrêta et reprit sur un ton un peu mélancolique :

Barracuda for ever

— Pas trop quand même, tu vois, je voudrais que Napoléon ait le temps de le porter un peu. C'est ça le problème, avec le temps, tu sais jamais s'il faut en perdre ou en gagner !

Dès le premier matin, je lui montrai la casquette d'Alexandre. Elle l'examina et promit de s'en occuper. Je lui fis remarquer la petite étiquette cousue sur le bord.

— Il faut absolument laisser les initiales. R. R. R comme Rawcziik, avec deux i. L'autre R, je ne sais pas. Je crois qu'elles sont très importantes pour lui, ces deux initiales.

*

Joséphine allait bien. Elle avait même un peu grossi et son visage plein la rajeunissait. Elle portait comme un petit médaillon une discrète tristesse qui ne la quittait pas. Elle me sembla beaucoup plus jeune que Napoléon et j'eus presque du mal à les imaginer ensemble. Que faisait-il en ce moment ? Je ne pouvais m'empêcher de le voir seul dans son lit, les bras allongés le long de son petit corps, avec les poings serrés au bout. J'essayais aussi d'imaginer à quoi le Noël d'Alexandre Rawcziik pourrait ressembler, mais je n'y arrivais vraiment pas.

Ma mère ne tarda pas à déballer son matériel de dessin. Elle passait la plus grande partie de ses

Barracuda for ever

journées son carnet posé sur ses genoux, assise sur un banc de pierre du jardin, perdue dans son univers de papier et de pastel. Mon père, lui, avait entrepris de remettre de l'ordre dans une vieille grange. J'accompagnais Joséphine pour l'aider à porter ses courses, elle saluait tout le monde, demandait des nouvelles des uns et des autres comme si elle avait toujours vécu là ; je la regardais remplir ses grilles de tiercé devant un café crème.

— J'y connais rien, aux bourrins, je remplis au hasard.

Le lendemain, on vérifiait les résultats, ses chevaux arrivaient toujours bons derniers.

J'écossais avec elle des kilos de haricots blancs qu'on ne cuisinait jamais.

— Le seul truc que j'aime dans les haricots, me dit-elle, c'est les écosser ! Ça me calme. Pendant ce temps-là, je ne pense à rien. C'est mon bowling à moi !

Ou bien je regardais avec elle des séries policières un peu idiotes dont on devinait le coupable dès les cinq premières minutes et pendant lesquelles elle s'occupait de la casquette d'Alexandre.

Nous avions tous en réalité très envie de parler de Napoléon tant son absence résonnait au cœur de nos silences. Tant son visage et ses épais cheveux blancs planaient au-dessus des mauvaises

Barracuda for ever

herbes du jardin, tant ses poings serrés cognaient aux carreaux couverts de givre.

— Tu vois, me dit Joséphine quelques jours après notre arrivée, au lieu d'aller me balader en Asie, je me demande si au fond je ne serais pas mieux en maison de retraite. On se repose, on n'a plus à s'occuper de rien. C'est quelque chose qui m'a toujours plu, la maison de retraite.

De son doigt, elle me fit signe d'approcher et me glissa à l'oreille :

— Ne le répète pas, mais il y a quelques mois, un peu avant le divorce, je me suis renseignée sur les chambres doubles. Mais je n'ai jamais osé en parler à ton chameau de grand-père.

Je me suis demandé comment cette petite bergère avait pu vivre avec l'énorme cyclone Napoléon, et je me suis dit que la révolte permanente de l'un avait dû compenser la douce résignation de l'autre. Ceux qui luttent ne sont pas les seuls à vivre. Ceux qui vivent sont ceux qui vivent, c'est tout.

Un soir, tandis que nous étions occupés à trier des lentilles, ma pensée dériva jusqu'au portrait de Rocky, et je lui demandai :

— Tu te souviens de Rocky ?

Je vis ses doigts s'immobiliser au milieu des lentilles.

— Rocky ? Rocky, attends...

— Le dernier adversaire de Napoléon.

Barracuda for ever

— Ah oui, j'y suis : l'Italien ! Celui du match truqué.

Match truqué. La même rengaine. Match truqué.

— Pourquoi tu repenses à ça ? demanda Joséphine. C'est loin. Ça n'a plus d'importance. Tout le monde a oublié Napoléon et Rocky. Rocky est mort depuis des dizaines d'années et Napoléon…

Elle marqua quelques secondes de silence et ajouta :

— Le règne des boxeurs est court et décevant.

Je pris mon souffle :

— Il y a quelque chose que je ne comprends pas bien. Rocky est mort quelques semaines après le dernier match ; il devait déjà être fatigué, face à Napoléon…

Joséphine regardait devant elle, je me demandais si elle m'entendait. Je continuai :

— Alors comment ça se fait que Napoléon ne l'ait pas mis K.-O. ? Il avait la super patate à cette époque. Dans les cinq premiers rounds, il a frappé tout ce qu'il a pu, et d'un seul coup, après la pause, plus rien dans les bras, plus rien dans les jambes, un vrai pantin. Que de la poudre ! C'est Rocky qui reprend le dessus, et il gagne aux points.

Joséphine planta ses yeux dans les miens. Leur vivacité métallique de fléchette me frappa et me fit même un peu peur.

Barracuda for ever

— J'ai quelque chose à t'apprendre, dit-elle soudain.

Mon cœur se mit à battre.

— Sur Ro... Rocky? balbutiai-je.

Joséphine haussa les épaules.

— Mais non, un truc qui me vient d'Édouard, mon prétendant. Quelque chose de vraiment étonnant.

Les yeux entrouverts, levant l'index devant son nez et d'une voix de grande sagesse, elle dit lentement:

— *Écoute une herbe; le vent. Passe l'alouette.*

Il y eut un silence de plusieurs secondes. Elle reprit:

— *Vient le temps, regarde le silence. Un œil te dérange.*

Elle dodelinait de la tête comme si elle se laissait bercer par une douce brise, comme si elle était au cœur du temps, du silence et du vent.

— C'est quoi, ça, grand-mère? L'herbe, le vent et l'œil qui regarde le silence.

— Des haïkus.

— Des haïkoi?

— Kus. Des haïkus. De la poésie japonaise.

C'était court, beau, étrange. Limpide. Ça ressemblait aux dessins de ma mère. Joséphine s'y connaissait drôlement grâce à Édouard.

— Le haïku essaie d'atteindre l'évanescence des choses, tu vois?

Barracuda for ever

— L'évanescence, je ne comprends pas.

— L'évanescence, c'est quand les choses sont en train de finir et qu'il faut les attraper avant qu'elles ne s'envolent tout à fait. En gros, si tu veux. Avec le haïku, tu peux attraper le dernier instant des choses.

Je me suis dit qu'elle comprenait la philosophie de l'évanescence à cause de l'âge.

— Tu en veux un autre? Attends... *Une ombre barbouillée. Nuages dans le ciel devant le profil d'un trois-mâts.* Essaie, toi aussi.

— Tu crois?

— Mais oui. Il suffit de se concentrer très fort sur quelque chose de vivant ou sur un spectacle de la nature, et ensuite essayer de ne faire qu'un avec cette chose ou cette scène. Et quand tu en es là, tu essaies d'imaginer les secondes qui précèdent sa disparition.

Je pouvais toujours essayer. J'ai commencé par repenser à ma mère et à ses dessins. Puis les grands arbres de mes rêves ont surgi dans mon esprit. J'ai imaginé ma peau se couvrir d'écorce.

— *De grands arbres allongés comme des hommes. Leurs racines en l'air; cheveux dans le ciel.*

— Bravo! Tu es doué pour le haïku, c'est bien.

19

On a fêté Noël comme on a pu, un peu au ralenti et au hasard.

On choisissait soigneusement les mots pour slalomer entre les souvenirs de cristal. Les cadeaux firent diversion : Joséphine m'offrit une moto télécommandée qui me fit bondir d'une joie insouciante aussi folle que brève.

Mon père lui avait apporté un grand téléviseur qu'il alla chercher dans le coffre de la voiture.

— C'est gentil mais j'en ai déjà un.

— C'est pas grave, répondit mon père, celui-ci est encore mieux. Il est ultra plat avec une image haute définition. Et il dispose d'une télécommande !

Elle le remercia, même si elle préférait l'ancien. Elle déclara cependant qu'elle ne se servirait jamais de la télécommande.

— Pourquoi ? demanda mon père.

— C'est comme ça. Ce serait comme un renoncement. Dans le métro, Napoléon refusait

Barracuda for ever

catégoriquement de prendre les escalators. Il disait que ça serait le début de la fin. Eh ben moi, c'est pareil. Si un jour j'utilise une télécommande, ça voudra dire que je serai vieille!

J'ai aidé mon père à installer l'écran plat. Il ne comprenait rien aux branchements. L'énorme engin s'est allumé. On s'attendait tous à voir apparaître Napoléon sur l'écran. Mais non, c'était un reportage sur les chameaux.

On a mangé un gâteau à quatre étages. Il y en avait trois de trop. On avait le moral au rez-de-chaussée de toute façon.

— Allez, dit mon père, on va déboucher le champagne. Noël, quand même!

Il me faisait penser à ces clowns qui s'agitent devant des gradins presque vides. Joséphine trempa ses lèvres dans sa coupe. D'abord de façon hésitante, et puis franchement. Un peu trop longtemps. D'un geste du pouce tourné vers le fond de sa flûte, elle réclama un autre verre que mon père n'osa pas lui refuser et qu'elle vida cul sec. Puis elle se coiffa de la casquette d'Alexandre qu'elle avait terminé de retaper. Elle s'essuya les lèvres avec sa manche, laissa échapper un petit rot qui l'étonna elle-même, comme s'il s'agissait du premier de toute sa vie.

Et c'est là, exactement là, que tout est parti en totale sucette.

Barracuda for ever

D'abord elle est devenue toute rouge. Et puis des bulles lui sont montées dans les yeux. Ses mâchoires se sont contractées si fort qu'on a vu les muscles rouler sous sa peau. Et enfin elle a hurlé :

— Merde alors ! Putain ! Bordel ! Saloperie !

Mes parents et moi, on a sursauté. Joséphine s'est tournée dans ma direction d'un seul bloc.

— C'est vrai quoi, tu peux me dire à la fin ce que ça signifie, toi, cette histoire de renouvelle-ment ? Je t'en ficherais des renouvellements !

Elle avait dû comprimer trop de choses sur son cœur pendant toute la soirée, et même depuis le divorce, maintenant tout remontait avec les bulles de champagne. Elle commença à vaciller. Mon père se précipita.

— Maman, tu es certaine que tu ne veux pas te couch…

— Bas les pattes, mon petit Samuel Bonheur, je tiens debout ; se renouveler… Je sais bien de quoi il a la trouille, tout empereur qu'il est. Il croit quoi ? Que je suis idiote ? Que j'ai pas les yeux en face des trous ? Il veut pas que je le voie dans son dernier round, ce pauvre couillon.

— Maman, tu n'es pas dans ton état normal.

— Jamais été aussi bien au contraire. Fallait que ça sorte un jour ou l'autre.

Elle se saisit d'une flûte à moitié vide et, avant que mon père n'ait pu réagir, la porta à ses lèvres

Barracuda for ever

et la vida d'un trait. Elle la lâcha et le verre se brisa au sol.

— Oh flûte, ma flûte! dit-elle en étouffant un hoquet.

Elle éclata de rire puis reprit:

— Ahhh, ça fait du bien! J'ai une de ces patates d'un seul coup! Quand j'y pense... Pour pas que je le voie dans son dernier round! Alors que c'est justement ça que je voulais, moi, qu'on mène le dernier combat ensemble. Il est tellement têtu, ce vieux chameau, qu'il est capable de partir sans jamais s'expliquer. Avec ce poids sur le cœur.

— Mais s'expliquer sur quoi? demanda mon père interloqué. De quel poids tu parles?

Joséphine se contenta de croiser les bras haut sur sa poitrine et de se réfugier dans une attitude boudeuse.

— Rien du tout. Je me comprends. D'ailleurs, moi aussi je me renouvellerais bien. Puisqu'il paraît que c'est à la mode.

— Ce soir? hésita mon père. Si on regardait plutôt la télé?

— Pas de télé ce soir. D'ailleurs, regarde ce que j'en fais, de ta télécommande!

Elle se leva, disparut pendant quelques secondes dans la cuisine d'où nous parvint sa voix.

— Poubelle!

Barracuda for ever

Puis elle revint s'asseoir sur le canapé, ôta la casquette d'Alexandre et me la tendit. Je la posai sur ma tête.

— Et toi, Léonard, tu sais? Qu'est-ce qu'il faut faire pour se renouveler? Hein?

Du coin de l'œil, je vis ma mère qui notait tous les détails de cette scène.

— Si Napoléon était là, reprit Joséphine, qu'est-ce qu'il ferait pour se renouveler? J'attends.

Elle souriait. Mon regard s'arrêta sur un dépliant publicitaire qu'elle avait reçu avec son courrier. Je pointai un doigt dessus.

— La capsule sidérale? demanda Joséphine. Très bien! On y va. Pas de problème.

Je l'imaginais déjà dans sa capsule de verre projetée en l'air à une vitesse fantastique, et retenue par deux élastiques au bout desquels elle se balancerait pendant plusieurs minutes.

— Mais... ma... ma... maman, bégaya mon père, tu ne te rends pas bien compte.

— Je me rends parfaitement compte de tout. Et j'ai passé l'âge de te demander ta permission. T'as qu'à rester à regarder ton truc de cou...

La sonnerie grêle du téléphone retentit, la même pensée nous traversa l'esprit: Napoléon venait mettre son grain de sel et réclamait sa place dans la capsule sidérale.

— Il tombe bien, ce chameau, dit Joséphine, je vais lui dire ma façon de penser!

Barracuda for ever

Elle décrocha, ses yeux s'écarquillèrent aussitôt et sa bouche resta grande ouverte de surprise ; et elle dit simplement d'une voix un peu déçue :

— Ah, c'est vous. Une drôle de voix ? Non, non, tout va bien. Oui, oui, c'est ça, joyeux Noël à vous aussi. Oui, oui, tout ça, joyeuses Pâques tant qu'on y est. Mais non je suis pas bizarre.

Elle mit sa main sur le combiné et murmura :

— C'est Édouard.

Elle écouta plusieurs minutes ce qu'Édouard lui racontait, les yeux un peu dans le vide. Soudain elle se figea.

— Me marier ? Avec vous ? Eh bien, en fait, euh… pourquoi pas ? Vous tombez bien, je suis en plein renouvellement ! Si je suis pompette ? Mais pas du tout, j'ai toute ma tête. Je vais réfléchir. Oui, oui, je vous donne ma réponse très vite.

Elle raccrocha en ricanant.

— Il l'aura bien cherché. *Born to wind*, mes fesses, oui. Il croit que je vais l'attendre jusqu'à la saint-glinglin ? Maintenant, direction la capsule sidérale.

Pendant qu'elle cherchait dans sa chambre de quoi se couvrir, mon père, un peu groggy, murmura à ma mère :

— Dis-moi si j'ai raté un épisode, mais ma mère, là…

— Oui ?

Barracuda for ever

— Elle vient bien d'accepter de se marier?
Ma mère se pinça les lèvres.
— On dirait.

*

Le champ de foire était bondé et jetait vers le
ciel une lumière éclatante comme un cercle de
feu glacé. Joséphine titubait un peu et il fallait
parfois la soutenir. La capsule sidérale trônait au
centre comme un défi et allumait dans les regards
des lueurs de frayeur.

— Voilà, dit Joséphine, après ça je serai une
autre! Une autre vie commencera pour moi
aussi.

— Tu es sûre, maman? Parce que tu sais des
fois on fait des trucs et le lendemain... Tiens par
exemple, les autos tamponneuses, là, ça secoue
déjà pas mal.

— Ta ta ta, me parle pas comme à une grande
malade et garde ta philosophie pour toi. C'est pas
parce que je n'ai pas fait de boxe que je n'ai pas
droit au renouvellement.

Elle laissa passer quelques secondes avant
d'ajouter:

— L'éternité, ça se partage!

On a dû mentir sur nos âges car je n'en avais
pas tout à fait assez et elle un peu trop.

Barracuda for ever

Trois minutes après, nous étions dans la capsule, pieds ballants dans le vide. Je n'en menais ni large ni long, et Joséphine n'arrêtait plus de ricaner. Encore quelques secondes, le temps que les élastiques se tendent. Mon père et ma mère nous regardaient, terrorisés. Un spectateur déclara en parlant de Joséphine:

— Elle est gonflée, quand même!

— C'est ma mère! dit mon père fièrement.

Le compte à rebours était enclenché. Le moment des dernières volontés.

— Grand-mère?

— Oui.

— Tu sais, la plage...

— La plage? Quelle plage?

— Mais tu sais bien, la plage de Napoléon...

— Ah oui, la plage de Napoléon.

— Si on s'en sort, tu me montreras où elle était?

— Je te montrerai bien mieux!

*

Sur le chemin du retour, Joséphine vomit trois fois. Elle faisait un petit signe de la main, mon père se garait sur le bas-côté et elle sortait en catastrophe.

— Je commence à en avoir marre, bougonna mon père. Ils peuvent pas se tenir un peu tranquilles, à leur âge! Mon père, encore, je veux bien,

Barracuda for ever

j'étais habitué. Je sais depuis longtemps que c'est un obus mal désamorcé et que son passe-temps favori, c'est de me pourrir l'existence. Mais Joséphine, la douce Joséphine… Et maintenant cette histoire de mariage. Moi j'ai besoin de vacances, de vraies vacances ; dans un truc où personne ne peut venir te saboter la vie, où on s'occupe de toi, où tout le monde est à ton service.

— Dans une maison de retraite, quoi ! dit ma mère.

— Qu'est-ce que vous dites, les arsouilles ? demanda Joséphine en sautant dans la voiture.

Puis elle s'endormit aussitôt en ronflant comme une locomotive. Une fois à la maison, on l'installa encore endormie dans le canapé. On resta tous les trois en face d'elle à la contempler.

— C'est marrant, dit mon père, endormis ils paraissent drôlement inoffensifs. Mais alors, dès qu'ils ouvrent un œil, quelle corrida !

Comme si elle l'avait entendu, Joséphine leva les paupières. Ses yeux étaient vifs et son regard affûté.

— Ça va mieux, maman ?

— Oui, dit-elle sèchement.

— On va se coucher ? La soirée est terminée, je crois.

— Pas tout à fait. Passe-moi le téléphone. J'ai réfléchi.

Barracuda for ever

— Ah, tant mieux, dit mon père soulagé. Je suis content de te voir raisonnable. La nuit porte conseil. Des fois avec un petit verre dans le nez on dit des choses...

Il lui tendit l'appareil. Elle composa immédiatement un numéro.

— Allô, Édouard? Oui, c'est Joséphine. Pour le mariage, c'est d'accord. J'ai terminé ma tapisserie. Où vous voulez! En Asie? Si ça vous chante! Sur le Mékong? Parfait! En Patagonie, même, si vous voulez! C'est pas en Asie? Ah bon! Bref, je suis prête pour une nouvelle vie.

Elle raccrocha et murmura:

— Tant pis pour Napoléon! Ta ta ta, il n'avait qu'à pas.

Quand elle vit la tête que faisait mon père, elle lui lança:

— T'as un commentaire à faire, toi?

Mon père secoua la tête lentement. Ses yeux hébétés n'exprimaient rien d'autre qu'un fatalisme découragé.

— Non, non, pas de commentaire.

— Parce que t'as ton air de penser des trucs.

Il se leva.

— C'est pas que je m'ennuie, mais je crois que je vais aller faire un petit somme.

Je suis resté seul avec Joséphine. Elle attendit qu'il n'y ait plus aucun bruit puis me fit signe de la suivre dans sa chambre. Là, elle sortit du tiroir

Barracuda for ever

de sa table de nuit une petite fiole de parfum dont elle dévissa le bouchon. Elle me promena le flacon sous le nez.

— Alors?

— Ça sent bon. Une drôle d'odeur.

C'était un parfum indéfinissable, un peu passé, une odeur merveilleuse mais évaporée.

— Le parfum des bons moments. Mets ta main dessous.

Elle renversa le petit flacon. Du sable. Du sable roux, mêlé de grains de mica qui avaient gardé tout leur éclat.

— Oups, pas trop. Il faut que j'en garde pour quand je serai vieille.

— La plage, murmurai-je. La plage de la liberté avec Napoléon. La plage des Bonheur.

— Lui raconte pas, à ce vieux chameau, il trouverait ça gnangnan.

— D'accord.

C'était le moment parfait pour murmurer:

— Tu sais, il pense à toi souvent. Très souvent. Tout le temps même.

— Et il ne peut pas me le dire lui-même? Il a revendu son téléphone?

— Il a la tête dure, tu sais bien. Mais le cœur tout mou.

— Quand il me dira de revenir, je reviendrai. En attendant, viens voir...

Elle déplia sur le lit une vieille carte routière.

223

Barracuda for ever

— Là! C'était bien là.

Une minuscule virgule jaune plantée d'un parasol avait été entourée au crayon. La carte était usée et la plage cachée dans un de ses plis. Quel drôle d'effet de se dire que c'est sur ce petit bout de plage que tout avait commencé. J'avais l'impression que toutes les routes de la carte menaient à ce petit endroit.

— Tu sais quoi? demanda ma grand-mère.

— Non.

— Des fois j'ai l'impression d'avoir encore des grains de sable coincés entre les orteils.

20

Le lendemain, d'après maman, journée tranquille.

— Soyons positifs, dit-elle pendant le petit déjeuner, après la nouba d'hier, elle n'aura pas envie d'aller danser le jerk, on devrait pouvoir souffler.

Les heures de la matinée avançaient et Joséphine ne se levait toujours pas.

— Personnellement, dit mon père, je ne suis pas pressé. Vu le cirque que c'est quand elle est debout! Laissons-la récupérer!

J'ai essayé ma moto dans le jardin puis, vite lassé, je me suis assis à côté de ma mère pour la regarder dessiner. Ses gestes étaient économes et furtifs. Le jardin, avec ses arbres pétrifiés par l'hiver, semblait sortir des poils de son pinceau.

Elle me permit de feuilleter son cahier. Les derniers mois défilèrent sous mes yeux. Et pendant quelques minutes, je me retrouvai comme par magie transporté gare de Lyon le jour du

Barracuda for ever

départ de ma grand-mère. Ma mère avait même pensé à dessiner en arrière-plan l'horloge qui marquait l'heure exacte où cette séparation avait eu lieu.

Et puis je m'arrêtai ensuite devant la scène qui nous représentait au café, tous les quatre. L'absence de Joséphine était criante.

— Il fait une drôle de tête, Napoléon, dis-je. Tu es sûr qu'il était comme ça ?

— Il était comme ça à l'intérieur.

Je n'avais pas remarqué cette lueur mélancolique dans son regard que ma mère avait mise en évidence.

— Et ça, maman, c'est quand Napoléon est tombé en dansant comme Cloclo. Pourtant cette scène, tu ne l'as pas vue !

— Non. Je l'ai imaginée. C'était comme ça ?

— Exactement. On dirait que t'étais cachée quelque part.

Soudain, je m'aperçus qu'en réalité je cherchais une scène bien précise. Le dessin qui prenait toute une page me sauta aux yeux.

— Je savais que cette seconde t'avait marqué, me dit ma mère. Il est beau ton père, là, non ?

De nouveau la pose parfaite prise par mon père me coupa le souffle. Je plaçai ma main sur le dessin de façon à ne laisser visibles que le buste, la tête et les poings gantés que mon père tenait

Barracuda for ever

devant son menton. Un trouble indéfinissable s'empara de moi.

Ma mère reprit son cahier, en tourna quelques pages et arracha l'une d'elles.

— Tiens. Tu donneras ça à ton copain.

La casquette d'Alexandre Rawcziik. Ma mère avait pris la précaution de bien mettre en évidence les deux initiales et j'étais certain qu'Alexandre serait sensible à ce détail. Sur le papier, elle semblait à l'abri du temps, de la dispersion des choses et de tout.

À ce moment-là, mon père ouvrit une fenêtre et nous fit signe qu'une visite nous attendait.

— C'est l'autre, là, murmura-t-il. Le pré-ten-dant.

Édouard ressemblait à une sorte de père Noël coiffé de sa chapka de loutre nouée sous son menton. Il avait un visage rond, le teint très pâle mais des pommettes saillantes bien rouges. Il portait aux pieds de gros après-ski dont les longs poils traînaient sur le sol et sous le nez une épaisse moustache qui semblait faite avec les mêmes poils que ses bottes. Je ne pouvais en détacher mon regard, de ces bottes.

— Des poils de yack. Je les ai achetées en Mongolie-Extérieure.

Puis il se présenta :

— Édouard, dit-il simplement en basculant le buste en peu en avant. Vous avez peut-être entendu parler de moi ?

Barracuda for ever

Au premier coup d'œil, je vis qu'il avait la sagesse asiatique. Évidemment, c'était un poids plume face à Napoléon, mais il avait un grand sourire très doux bien qu'un peu idiot. Il nous tendit sa main droite encore entourée de bandelettes.

— Je me suis brûlé en trifouillant dans le moteur de ma voiture.

J'étais le seul sur terre à savoir qu'il mentait et ce mensonge me le rendit immédiatement très sympathique. Il venait évidemment pour parler à Joséphine.

— Elle n'est pas réveillée, dit mon père à voix basse, elle a eu une soirée un peu… agitée.

Ils finirent par installer Édouard sur le canapé et il y eut un grand silence car on n'avait pas grand-chose à se dire. Comme Joséphine ne se réveillait toujours pas, Édouard finit par ouvrir sa besace.

— Une partie? me demanda-t-il en me désignant du menton un long étui en bois doré qui ressemblait à un vieux plumier. Jeu de go.

Il disposa les éléments du jeu sur la table basse.

— Alors je t'explique: le nom littéraire du go est *ranka*, c'est-à-dire manche de hache pourri.

— En chinois?

Il sourit.

— En japonais. En chinois, on dit *weiki*, c'est-à-dire jeu de l'encerclement. Alors voilà, je vais t'expliquer: la légende dit qu'un jour un

Barracuda for ever

bûcheron s'arrêta pour regarder une partie de go. Lorsqu'il voulut reprendre son chemin, il s'aperçut que sa hache avait rouillé et que des siècles s'étaient écoulés.

J'ai hoché la tête pour montrer que j'appréciais. Il y eut quelques secondes de silence.

— J'aime expliquer, précisa-t-il comme pour s'excuser. Alors j'explique.

Son sourire reliait ses deux oreilles. Papa et maman avaient l'air pincé de ceux qui retiennent leur souffle devant un château d'allumettes.

— Bon, tu vois, ça, c'est le *goban*, dit Édouard.

— Le quoi?

— Tu veux que je t'explique, hein?

— Oui.

Ma réponse sembla le combler de plaisir.

— Alors voilà: le *goban*, c'est le plateau, si tu veux. On dit que deux intersections sont voisines quand elles sont sur la même ligne et sans intersection entre elles.

— D'accord.

— Maintenant, très important, je vais t'expliquer: un territoire est un ensemble de plusieurs intersections, inoccupées et voisines de proche en proche, délimitées par des pierres de même couleur.

Ensuite, il fut question de pierres vivantes par *seki*, de pierres mortes et de pierres à un seul œil; de chaînes de liberté, de chaînes sans liberté et de chaînes en *atari*, de capture et de menace,

Barracuda for ever

de points de compensation qu'on appelle *komi*; le tout avec des exceptions à n'en plus finir.

C'était plus compliqué que le bowling où il n'y a que deux mots à apprendre : spare et strike. Et encore, ce n'est pas grave si on ne les connaît pas vu que sur l'écran électronique une fille en bikini se dandine pour vous expliquer les choses.

Mon père et ma mère retenaient un fou rire.

— Tu vois, continuait Édouard, le blanc ne peut pas rejouer immédiatement en «b» et prendre la pierre noire 1 qui...

Je décrochai. Je ne voyais plus que ses moustaches qui remuaient sous mes yeux. Sa voix formait une longue bande pâteuse dans laquelle je ne distinguais plus aucun mot.

— Hein? Tu saisis l'explication?

Je fis oui de la tête, il parut satisfait.

Joséphine ne se levant toujours pas, ma mère finit par servir du thé à Édouard. Juste avant de tremper ses lèvres dedans, il me dit :

— Ça, ce sont les rudiments. Après le thé, je t'explique les subtilités. C'est agréable – et rare – de rencontrer quelqu'un qui aime les explications.

Entre deux gorgées, Édouard prit soudain un air solennel en se tournant vers mon père.

— Monsieur, puisque Joséphine ne se réveille pas, c'est à vous que je vais m'adresser. Voilà...

— Expliquez-moi, dit mon père en souriant.

Barracuda for ever

— J'ai l'honneur de vous demander... hum... la main de votre mère.

Un silence s'étendit comme une longue nappe. Je sentis à la lueur dans ses yeux et à la contraction de son front que mon père faisait un gros effort pour comprendre la question qui lui était posée.

— Je vais vous expliquer, reprit Édouard. Joséphine a accepté de devenir ma femme, mais j'aime quand les choses se font dans l'ordre. Car l'ordre est le prélude au bonheur.

— Si vous le dites, dit mon père.

Il se gratta la tête et échangea avec ma mère un regard perplexe. Le prétendant attendait tranquillement sans montrer aucun signe d'exaspération.

— Normalement, en Europe, commença mon père, ce n'est pas au fils qu'on demande la main d'une femme, mais au père.

Édouard balaya l'objection d'un revers de la main.

— Un détail. Je vais vous expliquer. Dans la philosophie shintoïste, le père et le fils...

— Non, non, c'est bon. Faites comme vous voulez, mais ne m'expliquez plus rien. Mariez-vous ou mariez-vous pas, moi je m'en...

Et sans finir sa phrase, il se retourna vers ma mère.

— Putain, il arrache, le troisième âge!

Barracuda for ever

Puis il se plongea dans une revue de mots croisés.

— Je sais pas vous, dit ma mère, mais moi je regarderais bien un truc distrayant à la télé. Quelque chose d'un peu simple et rigolo. Un film qui permet de s'évader, quoi!

Édouard dégaina de sa besace le boîtier d'un DVD.

— J'ai ce qu'il nous faut, dit-il en jubilant. Je comptais le regarder avec Joséphine mais ce n'est pas grave. De toute façon, je le connais par cœur. Vous verrez, c'est très drôle, on ne s'en lasse pas. Ça vous dit? Sur ce grand écran, ça va être top! En VO, en plus!

— Une comédie? demanda ma mère.

— Bien mieux: théâtre Nô.

— Théâtre QUOI? demanda mon père en levant le nez de ses mots croisés.

— Je vous explique: Nô ou Gagaku, si vous préférez. Ou encore Bugaku si vous êtes sourcilleux sur les termes. *Beau-papa* est connaisseur?

— Non, répondit mon père, c'était juste pour m'informer. En fait, je voudrais surtout que la journée se termine gentiment.

Dehors, une pluie verglacée commençait à tomber. On en avait pour un bon moment.

— Vous allez vous régaler! dit Édouard en glissant le DVD dans le lecteur. On va se tordre de rire! Si vous ne comprenez pas tout…

Barracuda for ever

— Vous nous expliquerez, compléta ma mère.

— Voilà.

Bientôt apparut sur l'écran un homme enveloppé dans un kimono d'un noir satiné et fermé par une large ceinture rouge. Il était seul sur une scène immense et vide, regardait à droite à gauche, comme à la recherche de quelque chose. Ses sourcils en oblique surmontaient deux yeux noirs maquillés qui lui donnaient l'air furieux et redoutable. Soudain il s'immobilisa, poussa un petit cri suraigu, *hiii*, puis se mit brusquement à vibrer des pieds à la tête comme un roseau au cœur d'une tempête.

— Il est en colère, là, hein? demandai-je à Édouard.

— Non, il est très content. C'est un rigolo. Le genre qui prend la vie du bon côté!

Bientôt l'homme fit un grand pas devant lui et écrasa sauvagement son pied sur le sol, produisant ainsi un bruit de tonnerre. Puis il roula des yeux, remua ses oreilles, fit craquer ses mâchoires, tortilla des fesses, gonfla son ventre autant qu'il le pouvait, projeta son nombril vers le ciel, toucha le bout de son nez avec sa langue avant de pousser un rugissement qui nous fit sursauter.

— Le pauvre! dit Édouard.

— Comment ça, le pauvre? s'étonna mon père.

— Vous voyez bien qu'il est malheureux. Non?

Barracuda for ever

— Si, si, maintenant que vous le dites.

— Regardez, regardez, dit Édouard en dirigeant son doigt vers l'écran. Concentrez-vous, bon sang, vous allez rater le meilleur!

L'homme toujours seul sur scène se mit à regarder en l'air. Son visage face contre ciel semblait suivre d'invisibles nuages. Il leva un index en l'air comme pour sentir la direction du vent.

Et là, Édouard éclata de rire.

— Alors là, elle est bonne celle-là, hein? À chaque fois, elle m'éclate, cette scène! Hein, j'ai pas raison?

— Impayable! marmonna mon père.

— N'est-ce pas? Oh, j'ai une idée: si on se la revoyait encore une fois? Rien que pour se marrer!

— Non, non, répondit mon père, ça va briser le rythme.

— Vous avez raison. Attention, il va y avoir encore plus d'action!

En effet, une frêle silhouette surgit des coulisses. Des nuages vaporeux l'entouraient et lui faisaient comme des ailes. À pas silencieux, elle s'approcha de l'homme au peignoir sombre, mais lui semblait ne pas la voir. Elle lui tourna autour pendant une vingtaine de minutes.

Elle disparut, l'homme s'écroula sur lui-même et s'aplatit par terre comme une crêpe.

Barracuda for ever

— À chaque fois je me fais avoir! s'écria Édouard. Avouez qu'on ne s'attend pas du tout à la fin!

— J'avoue que... hé hé, c'est une sacrée surprise. On s'attend à tout sauf à ça! Et c'est fini fini? Vous êtes sûr?

— La première partie, oui. Il y en a quinze en tout. Succès garanti, action, rires, tendresse. Si vous voulez, demain je reviens et...

Dehors il pleuvait toujours. J'ai pensé à Napoléon. Et à Alexandre, mais sans sa casquette.

Maman s'était assoupie et sa main pendait sur l'accoudoir du fauteuil. Son carnet de dessin était tombé sur la moquette.

À ce moment très précis, j'ai senti le temps qui passait sur nous tous.

*

Édouard était parti depuis longtemps, chapka sur la tête et poils de yack aux pieds, quand Joséphine refit surface comme une fleur en début de soirée, peau bien repassée, joues rebondies et jarret ferme. Mon père l'informa de la visite d'Édouard. Elle s'étira, bâilla et lui demanda:

— Et qu'est-ce qu'il voulait?

— Il venait pour le mariage.

— Le mariage? s'étonna Joséphine. Quel mariage?

— Le sien.

Barracuda for ever

— Ah? Il se marie?

— Ben oui.

— Tiens! Il aurait pu m'en parler. Et avec qui?

— Avec toi!

Joséphine, pivotant sur elle-même, opéra une brusque volte-face.

— Avec MOI?

— Oui, vu que t'étais d'accord. Tu le lui as même dit, hier, au téléphone.

Joséphine se laissa tomber dans un fauteuil, ferma les yeux. Sans doute fouillait-elle dans sa mémoire.

— Remarque, dit mon père, il est sympa. Un peu barré mais sympa.

— Tais-toi, dit Joséphine, j'essaie de me souvenir. Oui, j'ai l'impression que le brouillard se dissipe... ça me revient un peu. Il a dû faire une drôle de tête.

— Mais quand?

— Quand tu lui as dit que j'étais bourrée. Et déjà prise. Déjà prise par le Bonheur.

Mon père se mordit les lèvres, ma mère pouffa. Joséphine se leva.

— Attends... tu veux dire que tu...

— Mais enfin, maman, rappelle-toi, *prête pour une nouvelle vie*! Jusqu'en Patagonie, tu voulais aller.

Joséphine se prit la tête entre les mains et se balança d'avant en arrière.

Barracuda for ever

— C'est pas vrai, c'est pas vrai, c'était une façon de parler! Je sais pas, moi, une image, un truc de Noël. Faut en tenir une couche pour rien comprendre comme ça.

Mon père promena ses yeux de droite à gauche, cherchant à accrocher son regard sur quelque chose de rassurant. Finalement, il se mit à sourire à une vieille bouteille de limonade recyclée en lampe et surmontée d'un abat-jour de paille. On avait l'impression qu'il avait des tas de choses à lui dire.

— Effectivement, murmura-t-il, j'y comprends plus rien à vos histoires. Tu disais que tu voulais te renouveler, la nouvelle vie, la tapisserie terminée… En avant pour la Patagonie! L'autre arrive tout sourire, avec sa chapka, ses poils de yack des orteils aux narines et ses camions d'explications sur le théâtre go, son jeu de Nô… Alors moi…

— C'est l'inverse, je crois, papa, dis-je, théâtre Nô et jeu de go. Tu veux que je t'explique?

— Mais je m'en fous! hurla-t-il, je m'en fous *totalement* même! J'ai rien compris ni au jeu, ni au théâtre, ni à rien de ce qui se passe.

Il grommela encore quelques secondes avant d'éclater à nouveau:

— Quant à vos histoires de mariage, de divorce, de renouvellement et d'éternité qu'on partage comme un saucisson à un pique-nique, eh bien

Barracuda for ever

j'y comprends rien non plus! Et surtout je ne veux aucune explication!

Pendant ce temps, Joséphine se lamentait dans son coin, le visage dans les mains.

— Comment je vais faire, maintenant? Comment je vais faire? Je voudrais retrouver mon Bonheur. J'ai pas du tout envie d'aller en Asie.

21

La nuit suivante fut semblable à la plupart de mes autres nuits. Les arbres continuaient de tomber. Ils étaient tous immenses, larges et noueux, avec une longue vie derrière eux. Mais curieusement, la taille et la largeur de leur fût comme l'envergure de leur ramure donnaient davantage une impression de fragilité que de force. Plus ils étaient imposants, en fait, et plus ils étaient fragiles. Alexandre Rawcziik, Point à la ligne et moi marchions sur un lit de feuilles mortes et sèches qui ne produisaient aucun son, comme si nous nous déplacions sans vraiment toucher le sol. Nous allions d'arbre en arbre pour vérifier qu'ils n'étaient pas menacés, mais à peine les avions-nous touchés que le danger devenait évident. La casquette d'Alexandre était immense, presque aussi haute que les arbres.

C'était comme un animal qui rôdait, un animal dont la férocité égalait la patience. Je faisais quelques pas en arrière. Je regardais vers le haut

Barracuda for ever

mais je ne voyais que l'épais feuillage qui cachait le ciel. Bientôt la cime de l'arbre se mettait à trembler, puis le tronc tout entier se balançait de droite à gauche. Et les racines s'arrachaient de la terre sans bruit, sans craquement, par contre tout autour des murmures confus et des feulements accompagnaient cette chute.

À chaque fois qu'un arbre s'abattait, je me disais que j'allais enfin pouvoir me rendre compte de ce qu'il y avait derrière lui, et cette certitude me consolait un peu ; mais en réalité je me retrouvais toujours face à un nouvel empereur de la forêt. Qui à son tour serait bientôt menacé.

Et je me mettais à pleurer.

Jusqu'à ce que le téléphone retentisse dans la nuit. Papa et maman se levèrent en catastrophe. Je les rejoignis dans le salon. Joséphine, elle, ne s'était pas réveillée.

Napoléon. Ça ne pouvait être que lui.

— C'est un pompier, nous dit mon père en mettant sa paume sur le combiné.

Ma mère me demanda d'aller me recoucher, mais je restai assis sur les premières marches de l'escalier. Mon père répétait ce que le pompier lui disait afin que ma mère puisse suivre la conversation.

Barracuda for ever

— Un incendie?

Silence.

— Ah, heureusement! On a eu chaud, en somme. Je ne devrais pas plaisanter dans ces circonstances? C'est vrai, excusez-moi. Mais j'ai des journées chargées en ce moment.

Silence.

— Ah je vois, il a voulu repasser et il est parti au bowling en slip en oubliant le fer sur sa chemise. Pas de doute, c'est bien lui.

Silence.

— Qu'est-ce que vous dites? Que vous avez un problème avec lui? Bienvenue au club! Pas drôle? Non, c'est vrai, vous avez raison. Mais enfin, des fois...

Silence.

— Il ne se souvient plus de rien et prétend que c'est vous qui avez tout enflammé pour le déporter. Et que vous êtes de mèche avec moi? Classique. Il est où, là?

Silence.

— D'accord, je vois tout à fait: enfermé dans les cabinets où il hurle *J'ai plus d'appétit qu'un barracuda*. La routine, quoi! Il parle d'un certain Rocky? Il dit que personne n'a jamais su comprendre l'héritage de Rocky? J'espère que vous avez une formation spéciale «ancien boxeur caractériel» parce que sinon vous allez avoir une

Barracuda for ever

nuit agitée. Pas drôle, ça non plus? Bon, passez-le-moi.

Silence.

— Quoi? Il ne veut pas me parler. Il dit que je suis une... Et vous trouvez ça drôle? Ça vous fait rire? Non, pas moi.

Silence.

— Il dit que l'empire est menacé et qu'il ne parlera qu'à son général en chef? Oui, je vois de qui il s'agit. Une réunion immédiate de l'état-major?

On a réveillé Joséphine au milieu de la nuit. Mon père prétendit que sa banque avait été cambriolée et qu'il devait rentrer d'urgence. Elle nous accompagna et, ainsi juchée sur les escaliers du perron, illuminée par les phares de la voiture, dans sa robe de chambre d'un autre siècle et avec ses cheveux en l'air, elle avait l'allure d'une étrange créature mythologique.

— On te téléphine, Joséphone, cria mon père. Enfin l'inverse.

Mon père roulait à toute allure. La voiture transperçait la nuit. Je m'endormais, puis me réveillais en sursaut. Étrangement, je me sentais bien et j'avais envie que ce voyage ne s'arrête jamais.

J'accompagnais mon père dans les stations-service quand il voulait faire une pause ou prendre un café pour se tenir éveillé. Dans l'une d'elles,

Barracuda for ever

au petit matin – il nous restait une centaine de kilomètres à parcourir –, il défonça une machine qui s'était contentée de lui avaler sa pièce. Deux costauds arrivèrent avec un bandeau *sécurité* autour des biceps, mais curieusement ce mot répandait plutôt de l'inquiétude. L'un d'eux dit à mon père :

— Alors, petit monsieur, on fait des histoires ?

Le ton est monté et j'ai cru qu'ils allaient se battre. Mon père s'est mis à se dandiner d'un pied sur l'autre, ses deux poings devant le menton. Les deux autres l'observaient, vaguement moqueurs. J'ai pris mon père par le bras.

— Allez viens, papa, ils ne comprennent rien à la boxe.

— T'as raison. Comprennent rien !

Juste au moment où la porte coulissante s'ouvrait devant nous, mon père se retourna vers les deux vigiles.

— Rien que des COUILLES MOLLES ! hurla-t-il.

On courut à toute vitesse jusqu'à la voiture qui démarra comme une fusée.

Nous quittâmes bientôt l'autoroute et, juste avant d'arriver, mon père pila devant une biche blanche, immobilisée au milieu de la route et qui nous fixait de ses gros yeux très doux. Elle était gracieuse et fragile et mit plusieurs secondes

Barracuda for ever

à accepter de traverser de son élégante démarche chaloupée. La phrase que ma mère avait prononcée au bowling, *tout ce qui est fragile est beau*, résonna dans ma tête.

— À toi de jouer! me dit mon père en arrêtant la voiture devant la maison de Napoléon.

Le pompier était encore là, endormi devant un café froid et enroulé dans une grande couverture à carreaux. Une odeur de brûlé flottait dans toute la maison et la cuisine était noire comme du charbon. Point à la ligne se dandina dans ma direction à pas lents, dressant vers moi ses yeux perplexes. Il avait l'air d'en savoir long. Puis il se coucha sur le flanc.

— Je suis le général en chef, dis-je au pompier.

— Drôle d'armée, répondit-il.

*

Dès que je le vis, je ressentis ce que j'aurais aimé ne jamais ressentir: Napoléon me parut âgé. J'avais devant moi un très vieux monsieur et la même angoisse que celle de mon rêve me serra le ventre. Une menace rôdait.

Pendant quelques minutes, j'eus l'impression d'être transparent; je compris qu'il ne me reconnaissait pas tout à fait. Son regard semblait chercher sur mon visage le souvenir de quelqu'un

Barracuda for ever

qu'il aurait croisé quelque part et dont il aurait oublié le nom.

Un robinet fuyait et toutes les secondes une goutte d'eau, régulière comme un métronome, s'écrasait contre la faïence de façon irritante.

Floc – floc – floc

Et j'avais l'impression que cette fuite comptait le temps. Soudain, il me fit signe d'approcher et me chuchota à l'oreille :

— J'ai caché le camembert, ne le répète pas.

Et devant ma stupéfaction, il ajouta :

— Le pompier... C'est le camembert, qu'il venait chercher. Heureusement je l'ai tout de suite vu. T'aurais vu sa tête quand il a ouvert le frigo. Il a failli en bouffer son casque ! Va voir, va voir.

L'œil réjoui, jubilant à l'avance, il me suivit dans la cuisine ; elle était sinistre, avec ses murs couverts de suie. L'odeur âcre de Formica brûlé prenait à la gorge. J'ouvris le frigo et je ne pus retenir un sourire. Je me retournai vers mon grand-père.

— Pourquoi t'as rangé tous tes caleçons dans le frigo ? Et pourquoi t'en as autant ?

Il y en avait au moins une centaine, tous alignés au cordeau.

Barracuda for ever

Avait-il entendu ma question ? Il regardait au plafond, les sourcils froncés en murmurant :

— Besoin d'un bon coup de peinture ici…

— Hein, tes caleçons, pourquoi ils sont là ? insistai-je.

— Pourquoi ? répondit-il. Mais pour la faire chier !

— Mais qui ? Je n'y comprends rien, tu sais.

Il éclata de rire.

— Qui ? Tu en as de bonnes, toi. Tu déraillerais pas un peu ? Tu sais bien, enfin. Mme Taillandec.

Je connaissais ce nom. C'était celui de l'institutrice qu'il avait eue à l'école primaire et dont il parlait souvent avec un mélange de rancœur et d'affection.

— Tu as mis tes caleçons dans le frigo pour faire chier Mme Taillandec ?

— Exactement. Elle et le pompier. En fait, le répète surtout pas, mais tu vois, le pompier, c'est son fils… Son fils caché. Une filoute, celle-là. Ils sont de mèche. Ils voulaient tous les deux voler mon camembert. Hé hé, mais pas si bête, je l'ai planqué ! Et à la place ils sont tombés sur les caleçons. Il y en a là-dedans !

Il montrait sa tempe.

Floc – floc – floc

Barracuda for ever

Et puis soudainement, en quelques secondes, il sembla redevenir lui-même.

— Ah, Coco, te voilà! Je t'attendais. T'as une belle casquette, dis donc.

— Merci, grand-père.

— M'appelle pas comme ça! T'as vu un peu? Je sais pas ce qui s'est passé. Tu sais, toi?

— Non.

— Un court-circuit, peut-être?

— Peut-être.

— Tu sais, c'est drôle, cette nuit des tas de choses me sont revenues en mémoire. J'ai vraiment un cerveau en béton. Tout est stocké là-dedans.

Il cogna du poing contre sa tête avant de me demander:

— C'est quand, déjà, ton anniversaire?

— Tu as oublié?

— Pas vraiment oublié, juste un doute.

— Au mois de mai, dis-je. Le 18.

— Au mois de mai, le 18, répéta-t-il à voix basse, c'est vrai.

Il parut réfléchir, se livrer à des calculs compliqués. Soudain, il s'anima:

— D'ailleurs à propos de taxi, la mission que je t'ai confiée, tu sais, la plage où...

— Oui, mon empereur, je sais exactement où elle est. Une petite ville qui s'appelle Houlgate.

Barracuda for ever

— Oui, c'est ça. C'est bien ce nom-là. Je me souvenais de tout sauf de ça. Houl-gate. Comme si on avait du caramel chaud dans la bouche. Elle n'était pas si petite que ça, cette plage.

Son soulagement était manifeste. Je me jurai intérieurement de faire tout ce qui serait en mon pouvoir pour ne jamais oublier le nom de cette plage.

— Coco, je vais te confier un truc. Va au sous-sol. Sur l'étagère où il y a les gants, le sac et tout le reste.

— Oui, je vois.

— Tu vas trouver un bocal de magnésie, tu sais la poudre blanche qu'on étale sur les mains pour éviter de se blesser dans les gants.

— D'accord.

Il éclata de rire.

— Sauf que c'est pas de la magnésie. Ah! ah! J'ai filouté… Au moins j'étais certain que Joséphine n'irait pas y mettre son nez.

Quelques minutes après, je revenais en portant le fameux bocal que Napoléon ouvrit aussitôt.

— Sens, dit-il, sens un peu.

L'odeur de la plage. Le même sable que celui de Joséphine. Le même parfum doux et fade du passé qui ressuscitait l'image de Napoléon et Joséphine marchant sur cette plage. Je ne pus m'empêcher d'imaginer leurs vingt orteils imprimés dans le sable.

Barracuda for ever

— Le raconte à personne, hein. Secret défense. J'ai ma dignité. Plus tard, en tant que général en chef, tu seras chargé de mettre en sécurité ces reliques de l'empire.

Il reboucha le bocal en serrant le couvercle de toutes ses forces.

Lettre de grand-mère

Mon cher grand garçon,

J'ai bien regretté votre départ en catastrophe, l'autre jour, c'est important de se dire au revoir, surtout que la nuit de Noël je ne me ressemblais pas du tout, j'ai un peu... comment vous dites déjà, vous les jeunes? Pété un câble, je crois, en tout cas le lendemain les bulles étaient redescendues dans les genoux, il pleuvait, c'était mon premier Noël sans Napoléon, Édouard a rappelé, il voulait me parler d'avenir, il tombait mal car moi je voulais entendre parler que du passé.

On s'est quand même retrouvés dans un salon de thé, il savait pas trop comment aborder le sujet du mariage, ce grand dadais, ça se voyait, il se dandinait d'une fesse sur l'autre, comme s'il avait envie de pisser, mais c'était plutôt attendrissant, et puis surtout ça m'arrangeait car moi non plus je ne savais pas comment tourner les choses. Un simple non, ça me paraissait un peu cruel, bref je n'avais pas envie de répondre à ses questions, ni

Barracuda for ever

même de causer. Alors je lui ai proposé ce qu'on propose toujours quand on n'a rien à se dire d'intéressant: un cinéma. Je ne sais pas ce qu'on ferait sans le cinéma.

J'avais envie d'une comédie, et il m'a dit qu'on donnait un truc bien et distrayant d'un certain Kurosawa qui s'appelle *les 7 samouraïs*, j'ai rien, mais alors vraiment rien compris, d'abord le film était en noir et blanc, mais il y avait plus de noir que de blanc, ça se passait dans des temps très reculés où on ne souriait pas souvent, ça a duré très exactement 207 minutes, car nous avions la chance, d'après Édouard, de voir la version longue, la version courte, il l'avait vue 6 fois, heureusement qu'ils n'étaient que 7, les samouraïs, s'ils avaient été 20 on y passait deux jours, dans le cinéma, d'ailleurs ils se ressemblaient tous avec leurs casques et leurs moustaches, il y en avait un qui ressemblait un peu à Édouard et pendant le générique de fin il (Ed, pas le samouraï) m'a demandé ce que j'en pensais alors pour détendre l'atmosphère j'ai dit que je trouvais ça nippon ni mauvais, mais ça ne l'a pas du tout fait sourire, il m'a regardée d'un air sévère, il a même dit que je respectais rien de la culture ancestrale, que j'étais comme une pirate des choses de l'esprit et que c'était une grave différence entre lui et moi, après 207 minutes de castagne japonaise j'avais quand même bien droit à un jeu de mots, même idiot, c'est ça le problème, avec Édouard, il prend tout au sérieux, enfin, un des problèmes. Le deuxième, c'est qu'il n'est pas Napoléon, je me suis mise à bouder. Comme une petite fille, au bout d'un quart d'heure comme ça, il a bien fallu constater que nous étions en train de nous disputer comme chien et chat, c'est ce qu'il m'a dit: «Mais, ma chère Joséphine, ma parole, nous nous disputons. Comme c'est charmant!»

Barracuda for ever

Dans un certain sens, j'étais contente d'échapper à la discussion sur le mariage, je ne savais pas du tout comment présenter les choses ni comment expliquer que je ne pensais qu'à Napoléon, comme si j'avais 15 ans, surtout depuis qu'on a senti le sable et regardé la carte, lui répète pas, c'est un homme qui ne regarde pas les samouraïs, Napoléon, mais qui comme eux est plein de diableries de toutes sortes.

Finalement il s'est calmé et il a changé de sujet, lui non plus n'avait pas trop envie d'être fixé, je crois, il m'a dit qu'il ne voulait plus perdre de temps à se faire la cuisine ou son ménage, et qu'il allait chercher une assistante qui pourrait l'aider dans la vie de tous les jours, il me regardait avec une espèce de regret dans les yeux, d'ailleurs il m'a plantée là, comme ça, presque sans prévenir, sous prétexte qu'il devait se préoccuper de cette question et passer des coups de téléphone pour trouver la personne qui ferait l'affaire, du coup, je suis rentrée toute seule à la maison, en suivant le lac, avec un peu de tristesse dans le cœur.

C'est difficile, parce que malgré les samouraïs, les chapkas et les poils de yack, Édouard est quelqu'un de très doux et très gentil et je me demande si je ne rate pas quelque chose. Napoléon ou Édouard? C'était drôle d'imaginer Napoléon et Édouard de chaque côté d'une balance, tantôt ça penche d'un côté, tantôt de l'autre, ça me fait rire toute seule, c'est quand même bizarre d'avoir ce genre de problèmes à mon âge. Sur le lac, le triangle d'une famille de cygnes avançait en laissant dans l'eau un léger sillage, la nuit tombait et j'avais la mélancolie à l'attaque, tout ça, c'est quand même la faute de Napoléon, si on considère les choses, ça me fait peine de l'avouer mais je voudrais savoir comment il va et où il en

Barracuda for ever

est de son renouvellement, fier comme il est, même s'il en bave des ronds de chapeau, il ne le dira jamais, quand même, on pourra dire ce qu'on voudra, Napoléon, ça a été le seul soleil de ma vie, et même si à présent c'est un soleil couchant, eh bien il continue à me chauffer, quand j'y repense je sens le sable sous mes pieds, et j'entends les vagues, exactement comme avant, tu vois, le temps ne passe pas, c'est rien que ça qu'on comprend quand on est vieux. Franchement, mon grand, les choses du cœur, c'est trop compliqué, trop compliqué, le pire c'est que plus on vieillit et moins on les comprend, si on pouvait choisir, eh bien je crois qu'il vaudrait mieux ne pas trop s'en approcher, je vais me remettre à ma tapisserie, comme cette gourde de Pénélope.

Ta grand-mère qui t'embrasse

22

Ainsi commença le dernier combat de mon empereur, un combat inégal! L'ennemi était insaisissable. Il savait où frapper et visait juste. Au corps, à la tête, au cœur. Il connaissait les coups qui font mal, découragent et humilient; il maîtrisait à la perfection tous les secteurs du jeu, savait jouer aussi bien de l'esquive que de la feinte et ne laissait à Napoléon aucun repos. Le jour, la nuit, mon empereur harcelé vivait humiliation sur humiliation. Il mettait un genou à terre mais se relevait. Une fois, deux fois, dix fois. La méthode de l'adversaire était rodée depuis la nuit des temps. Elle attaquait le corps en faisant fondre les muscles de Napoléon, attaquait l'esprit en brisant sa mémoire.

C'était un monstre sournois, qui savait promener sa pauvre proie et lui donner de faux espoirs pour mieux les anéantir, une bête fauve aux yeux brillants, une hyène qui retournait parfois se cacher dans la forêt pour mieux nous observer.

Barracuda for ever

Ainsi avais-je parfois l'impression de retrouver le Napoléon que j'avais toujours connu. Il avait certains jours un visage reposé, et le propos mordant :

— C'est pas demain qu'ils me déporteront ! Si on allait au bowling, Coco ?

— Ça serait chouette, mon empereur, répondis-je les larmes aux yeux.

— Pourquoi tu chiales alors, si ça serait chouette ? Ah je vois... T'as eu des consignes ? C'est ça, Coco ?

Son visage était plein de colère avec des franges de sourire et de tendresse dans les yeux.

— Même mon général m'abandonne ! dit-il de sa petite voix.

Je baissai la tête. Mon père m'avait demandé de le prévenir si je trouvais la maison vide ou si Napoléon prenait sa voiture. Il avait engagé une dame qui venait plusieurs heures par jour. Une dame très douce que Napoléon prenait alternativement pour Joséphine, une animatrice de colonie de vacances, la factrice ou même sa mère. Une dame si discrète qu'elle se confondait avec le papier peint aux couleurs estompées du couloir.

— Oui, bon, c'est vrai, dit-il un jour, j'admets que j'ai parfois quelques absences, mais pas de quoi en faire un fromage, quand même. Pour le tour du monde en voilier, c'est peut-être foutu,

Barracuda for ever

je veux bien, mais pour le reste... Pour la mob, je prendrai seulement une 250 cm³. J'ai encore de la ressource. On a encore la vie devant nous.

— Ça sera simplement un plus petit empire, mon empereur.

— Voilà, Coco, exactement. Qu'importe la taille, l'essentiel est de régner. Viens un peu.

Bras de fer. Ce qui faisait notre complicité autrefois me terrorisait à présent. Je fais celui qui serre les dents, qui résiste, qui n'en peut plus. Ma main s'écrase contre la table. Me croit-il? Fait-il semblant? Pourquoi ces victoires ne lui arrachent-elles qu'un pauvre sourire?

À ces épisodes succédaient des moments d'abattement et dans ses yeux je redevenais l'homme invisible. J'espérais que le souffle de l'espéranto parviendrait à ranimer les braises de sa mémoire.

— Sed imperiisto mia, jen mi, via êefgeneral! Bubo via. Imperion ni nepre defendu. La landlimoj estas atakitaj! (Mais mon empereur, c'est moi, ton général en chef! Ton Coco. On a un empire à défendre. Les frontières sont attaquées!)

Rien à faire. Il souriait bêtement, lèvre pendante.

— Ton général en chef. Ton Coco! insistais-je, incrédule.

— Je crois que vous vous trompez, jeune homme. Je ne suis pas un empereur, et je n'ai jamais eu de général en chef.

Barracuda for ever

J'allais chercher le portrait de Rocky.

— Et lui, grand-père, Rocky. Le boxeur qui t'a tout donné.

Dans ces moments de dispersion, seul le portrait de Rocky semblait le tirer de cette toile d'araignée d'oubli dans laquelle il se débattait. Il souriait si tendrement en passant le bout de ses doigts sur le visage en sueur de Rocky que les larmes me montaient aux yeux. Il ne le reconnaissait pas tout à fait mais semblait chercher à quelle partie de sa vie l'homme sur la photo pouvait avoir appartenu. Il abandonnait en soupirant.

— N'oubliez pas de reprendre votre chien, avant de partir. Je suis allergique aux poils de chien.

J'étais un général sans empereur. Un jour, triste et découragé, j'eus l'idée d'ouvrir le petit bocal de sable. Napoléon me regarda curieusement.

— Que vous vous prétendiez mon général, je trouve ça déjà bizarre, mais en plus vous avez de drôles de manies. Je dois vraiment renifler le sable, là?

— Oui, mon empereur.

— J'espère que vous ne me faites pas sentir de la crotte.

Il renifla en fermant les yeux. Des vapeurs d'autrefois semblaient se frayer un chemin à travers sa mémoire embrumée.

Barracuda for ever

— Ah, c'est vrai, ça me rappelle quelque chose. Je ne sais pas bien quoi, mais... Je peux essayer à nouveau?

Je fis oui de la tête.

— Ah oui. Quelle douce odeur!

— Le sable de la plage de Joséphine. Tu ne te souviens pas? La petite plage... Mon empereur...

— Arrêtez avec ce terme ridicule. Est-ce que j'ai l'air d'un empereur? Pourquoi pas grand-père tant qu'on y est? D'ailleurs pour tout dire, je me demande bien ce que vous faites ici. Il me semble pourtant que nous nous sommes rencontrés quelque part... Ou bien vous ressemblez un peu à quelqu'un que j'ai connu.

Le téléphone sonna au cœur de la nuit suivante. Le responsable d'une station-service, vers Évreux. Napoléon avait fait le plein de diesel et la Peugeot 404 n'avait pas aimé. Heureusement que mon père avait pris la précaution de glisser notre numéro de téléphone dans la boîte à gants de la 404.

— Évreux? s'étonna mon père en s'habillant. Bon sang de bon sang, pourquoi la Normandie? Tu sais, toi, Léonard?

— Non, papa, je ne sais pas.

— Il y a une salle de boxe, à Évreux?

Au cœur de cette débâcle, heureusement qu'il y avait le jeu des mille euros. J'avais obtenu de

Barracuda for ever

mes parents de ne pas aller à la cantine pour profiter avec Napoléon de ce quart d'heure de trêve et de rêve. Un quart d'heure béni au cours duquel je le retrouvais combatif, prêt à mordre, la mémoire intacte et aiguisée comme un couteau.

— Question bleue, annonça l'animateur, concentrez-vous bien. Une des filles de Victor Hugo est devenue folle. Comment s'appelait-elle?

Murmures des deux candidats qui se concertent pendant quelques secondes.

— Hugo! déclare l'un d'eux.

— Mais non, le prénom.

— Ah, c'est plus compliqué, alors!

De nouveau, échange à voix basse: Mmm et mmmm et mmmm... Non, si, peut-être... Ça doit être ça!

— On va se lancer: Victorine!

— Non, dit Machin.

— Ah? Huguette, alors?

— Non.

— Marcelline?

— N'importe quoi! intervint Napoléon. Adèle.

— T'es certain? lui demandai-je.

— Parfaitement certain. C'est pas le banco qu'il mérite, mais un bon coup de pied aux fesses! Même qu'elle est morte, Adèle! Ah ah! t'as compris, Coco? Le jeu de mots?

— Très drôle.

Barracuda for ever

Où avait-il entendu parler de la fille de Victor Hugo? Lui que je n'avais jamais vu ouvrir un seul livre, il n'hésitait pas, ne réfléchissait jamais, répondait instantanément:

— Capitale de la Mongolie? Fastoche! Oulan-Bator.

— Dans quel film Gary Cooper est Link Jones? *L'Homme de l'Ouest*, évidemment. En 1958. Nous prennent vraiment pour des billes!

— Une astérie? C'est une étoile de mer, pauvre nouille! Tout le monde sait ça!

Quand j'éteignais la radio, j'avais l'impression d'éteindre la conscience de mon empereur. Comme s'il n'y avait plus que la voix de cet animateur sans visage et les cris de ce public bien sage pour le maintenir dans notre monde.

— Fini de jouer, disait-il. Les choses sérieuses commencent.

Que voulait-il dire par là?

Je devais retourner en classe, le laisser comme ça, seul entre Point à la ligne et son vorace adversaire.

Je fermais la porte derrière moi.

*

Dès notre retour de chez Joséphine, j'avais rendu à Alexandre sa casquette accompagnée du dessin de ma mère. À peine surpris de retrouver

Barracuda for ever

son couvre-chef remis à neuf, il le posa simplement sur sa tête puis contempla longuement le dessin, avant de le ranger soigneusement dans son cartable.

— Je le garderai toute ma vie, dit-il simplement. Ta mère, c'est une véritable artiste. Tu as de la chance. Il n'y a que les artistes pour rendre les choses éternelles.

Et puis il ne parla plus pendant tout le trajet. Je sentais que son cœur était prêt à éclater.

Durant les semaines qui suivirent, il continua à me laisser devant chez moi. Chaque fois que nous nous séparions, je brûlais d'envie de l'interroger sur les initiales qui figuraient sur le tour intérieur de sa fameuse casquette – R. R. –, mais je craignais de paraître indiscret et de m'exposer à un refus de sa part.

Un jour, je lui proposai d'entrer.

— On m'attend, dit-il simplement en s'éloignant lentement, à reculons.

J'avais l'impression qu'il habitait dans son secret comme dans une prison. Je me dis alors que lui seul pouvait décider du moment où il partagerait son histoire, et que ce moment n'arriverait peut-être jamais.

Ma mère, encore moins ordonnée que bavarde, laissait souvent traîner ses carnets. Un soir, je remarquai que sur l'un d'eux figuraient des motifs que je n'avais encore jamais vus : des insectes de

Barracuda for ever

toutes sortes. Ce n'étaient encore que de vagues esquisses, des croquis à traits rapides, mais comme à chaque fois que ma mère s'enthousiasmait pour un sujet, il y en avait des dizaines.

Je l'interrogeai. Elle me confia qu'elle avait croisé Alexandre, un soir. Elle l'avait reconnu à sa formidable casquette. Et comme moi elle s'était laissé entraîner dans son sillage. Subjuguée et émue par cette étrange et patiente obstination à protéger ces minuscules bestioles que l'on piétinait ordinairement sans même le savoir, elle n'avait rien pu faire d'autre que de sortir les crayons qu'elle venait juste d'acheter.

Elle l'avait écouté, lui, intarissable sur le bruche du niébé, le petit capricorne ou le carabe à reflets cuivrés.

— Il était aussi fragile que les insectes qu'il protégeait, me dit-elle. La poésie est partout, ajouta-t-elle simplement. Même dans la poussière!

*

Ma mère avait raison. Et cette poésie, elle était même peut-être au cœur des fugues nocturnes de Napoléon. Elles étaient si inattendues, ces aventures, et si rocambolesques les courses-poursuites dans lesquelles nous nous lancions mon père et moi, que parfois je doutais presque de leur réalité. N'importe qui d'autre qu'Alexandre aurait refusé

Barracuda for ever

de croire ces récits, s'en serait moqué ou n'y aurait porté strictement aucune attention. Lui les attendait avec une telle impatience, et les écoutait avec une passion si évidente qu'il transformait mon grand-père en un inoubliable héros d'épopée.

— Tu as bien raconté. Prends une bille. Non, deux!

*

Le téléphone sonnait souvent au milieu de ces nuits de printemps. J'avais appris à attendre ces appels, à les sentir. Je me couchais tout habillé. Les pas précipités de mon père ne tardaient pas. Il surgissait dans ma chambre avec son visage en compote de chagrin.

— On y va. On a de la route à faire.

Salles de boxe, relais routiers en bordure de la Nationale 20, stations-service désertes, fast-foods ouverts toute la nuit : Napoléon nous a tout fait. Tantôt c'était un conducteur qui l'avait pris en stop qui nous appelait, tantôt le responsable d'une station-service, un routier dans le camion duquel Napoléon s'était endormi, l'employé d'un péage, un agriculteur qui l'avait retrouvé sur une de ses vaches, l'entraîneur d'une salle de boxe au fin fond de Paris, un chef de gare qui l'avait repêché dans une salle d'attente, ou encore un contrôleur dans un train dont mon grand-père avait tiré

Barracuda for ever

le signal d'alarme. Comment parvenait-il à parcourir tant de chemin sur son fauteuil? Mystère. Napoléon ne nous reconnaissait pas toujours et il lui arriva un soir de prendre mon père pour son entraîneur d'autrefois, Jojo Lagrange.

— Jojo, j'ai perdu mes gants! dit-il en regardant ses petits poings osseux.

D'autres fois, les choses se passaient moins facilement et Napoléon attirait les curieux en hurlant à l'enlèvement au milieu de la nuit. Mon père devait alors s'expliquer avec une foule de justiciers noctambules (routiers, *bikers*, Hells Angels, équipes de basket en tournée), qui trouvaient dans ces spectaculaires altercations de quoi tromper leur ennui.

— Puisque je vous dis que c'est mon père! se défendait mon père.

— Pas du tout, hurlait Napoléon, ce n'est pas du tout mon fils. Vous vous trompez. Tout le monde se trompe.

Cette phrase désespérée résonne encore au milieu des parkings et des ténèbres:

— Je vous dis que ce n'est pas mon fils!

Une fois débarrassés de la foule qui prenait fait et cause pour Napoléon, il fallait alors unir nos efforts pour le calmer et le faire entrer dans la voiture où il grommelait pendant les premiers kilomètres avant de s'endormir. Tassé au fond du siège de la voiture, il était minuscule.

Barracuda for ever

Parfois, Napoléon reprenait brusquement pied dans la réalité et semblait se réveiller d'un rêve profond. Il me demandait:

— Mais Coco, qu'est-ce que je fous là?

— Mon empereur, tu as fait une fugue... T'es un sacré barracuda, toi.

— *Barracuda!* reprenait-il sur l'air de la chanson de Claude François.

Il désignait mon père d'un coup de menton.

— Ni venkos per erozio! Ĉu? (On l'aura à l'usure! Hein?)

— Mi tutcertas, imperiisto mia! (J'en suis sûr, mon empereur!)

— Qu'est-ce qu'il dit? demandait mon père.

— Oh rien, juste qu'il est content que tu sois là.

Dans les derniers temps, il se passait rarement plus d'une semaine sans que Napoléon ne fasse des siennes, et si je redoutais ces sonneries qui déchiraient la nuit, je les attendais également comme un appel à l'aventure.

Nous nous arrêtions parfois, mon père et moi, sur le bord de la nationale, dans des établissements un peu crasseux mais ouverts tard dans la nuit pour prendre du café et demander notre chemin. Rendu loquace par ces lieux irréels, il en arrivait à me confier ses doutes.

— Des fois je me demande... La boxe et Napoléon... J'ai des doutes.

Barracuda for ever

Oui, l'idée m'avait également effleuré, mais je l'avais toujours repoussée comme un sacrilège. Il y avait bien toutes ces photographies, mais c'était un jeune homme qui combattait. Un jeune homme qui ne ressemblait en rien au vieil homme que je connaissais. Il combattait sous un pseudonyme, comme Rocky, et notre nom de famille – Bonheur – n'apparaissait sur aucun document.

Comment savoir si l'empire de Napoléon n'était pas au fond qu'une immense pyramide de papier et de mensonges?

Mais qui interroger à présent? Joséphine? Elle ne l'avait jamais vu combattre et n'en savait au fond pas beaucoup plus que nous.

23

Un samedi matin, je trouvai sur mon bureau un cahier joliment relié. Les dessins de ma mère, attachés entre eux par un fil de laine, composant ainsi une sorte de petit album. Sur la première page, le titre :

Le Livre de Napoléon

Je fus tenté de le feuilleter immédiatement, mais finalement je me levai et grimpai jusqu'à l'atelier de ma mère. Personne. Personne non plus dans la cuisine où je trouvai un mot. Mes parents avaient dû s'absenter et je ne devais pas m'inquiéter.

Je m'habillai en vitesse et sur mon vélo traversai l'air doux que je sentais glisser sur mes jambes. La douceur du printemps naissant vibrait de clarté et d'espoir.

J'arrivai chez Napoléon. Visiblement, il m'attendait. Rasé de frais, les cheveux blancs bien peignés en arrière, il était habillé du même costume

Barracuda for ever

blanc que lors de la soirée au bowling avec mes parents. Il était au mieux de sa forme. Comme si l'ennemi avait battu en retraite. Au milieu du salon, une petite valise et la boule noire.

— Ah te voilà. Je t'attendais. Il fait beau, hein?

Sa voix était claire et ferme. Il s'aperçut que mon regard était attiré par la valise.

— T'inquiète pas pour la valise, je comptais prendre quelques vacances. Mais finalement on va faire autre chose. Ouvre la porte-fenêtre, Coco.

En face du jardin en friche, nous prîmes de longues inspirations qui remplissaient nos poumons.

— Ah le printemps! dit-il. Le printemps, mon Coco, il n'y a rien de tel. Surtout le printemps de la vie.

Je souris. Et lui aussi.

— Coco, dit-il, je sais pas du tout combien de temps on a devant nous. N'en perdons pas!

Il désigna l'album que je portais sous le bras.

— Qu'est-ce que tu as, là? Fais voir un peu. Il n'y a pas trop de texte?

— Non. Que des images, dis-je en lui tendant l'ouvrage.

— Parce que tu vois, j'ai pas envie de me creuser la tête. Pas aujourd'hui. Elle est bien assez trouée comme ça!

Barracuda for ever

Et il éclata de rire. De petites larmes perlaient au bord de ses yeux.

— Alors voyons ça… Bel album… C'est un cadeau, en fait ?

— Oui, c'est ça. Une sorte de cadeau. *Le Livre de Napoléon*. Pour ton anniversaire.

— C'est dans longtemps, mais t'as raison on ne sait jamais. Mieux vaut anticiper. Faut toujours avoir un coup d'avance sur l'adversaire.

Nos yeux se croisèrent fugacement. Son visage prit un air sérieux et ses longs doigts commencèrent à tourner les pages de l'album.

Les dessins de ma mère, rangés dans l'ordre chronologique, défilèrent sous nos yeux et chacun d'eux laissait sa trace sur le visage de Napoléon. Le dernier combat avec Rocky ; la rencontre avec Joséphine dans le taxi ; leurs empreintes sur le sable humide de la plage ; l'histoire de la cravate fluo ; la boule noire dans les quilles blanches ; mon père qui joue des poings dans la cuisine ; la tête de mon père qui fait la onzième quille. Napoléon plissait les yeux d'amusement, souriait de tendresse, ouvrait la bouche de stupéfaction. Il vit Joséphine dans son jardin qui lui faisait un signe d'amitié et lui répondit d'un geste de la main en articulant des mots que je ne comprenais pas.

— Putain, dit-il, je vais quand même pas chialer. Je me ramollis.

Barracuda for ever

Ma mère ne s'était représentée elle-même qu'une seule fois. Elle était avec Napoléon, et tous deux étaient assis en face d'un homme vêtu d'une blouse blanche. Une atmosphère à la fois douce et triste baignait ces trois personnages. Intrigué, je demandai :

— C'était où, ça ?

— Oh, rien, Coco, une charmante petite virée avec ta mère, il y a quelques mois. On s'est bien amusés. Si je devais me réincarner, eh bien je choisirais de devenir son pinceau.

Une visite à l'hôpital. J'en étais certain. Juste avant le divorce.

Les dernières pages de l'album étaient aussi blanches que les murs de cet hôpital. C'était à Napoléon de les écrire, ces dernières pages.

— Assez de lecture, dit-il soudain. Un peu d'action, maintenant.

Il enfila son blouson de cuir, comme autrefois.

— On va se faire la belle ! Amène-toi, Coco. La Peugeot 404.

Il devina mon hésitation.

— Allez, notre dernière filouterie.

Toujours ce geste plein d'une tendresse protectrice, ce bras qu'il tend devant moi à chaque coup de frein, ce réflexe d'avant les ceintures de sécurité. Après trois feux rouges grillés, cinq priorités refusées, il pila net devant un salon de

Barracuda for ever

coiffure où restait juste assez de place pour garer une trottinette.

— Mon empereur, c'est pas un peu juste, comme place ?

— Mais non, suffit de demander poliment.

Un coup devant, un coup derrière, deux pare-chocs en purée et la Peugeot 404 tenait presque.

— Tu vois, Coco, il y a largement la place. Et puis ils peuvent me retirer mon permis. Je m'en fous, j'en ai pas !

Un concert de klaxons salua sa façon de se garer.

— Quelqu'un veut mon poing sur la gueule ? cria-t-il par la fenêtre. Bande de sauvages ! Ah, rien de tel qu'une bonne colère pour se sentir jeune !

Je dépliai le fauteuil sur lequel il s'installa. Il désigna le salon de coiffure.

— Tu veux te refaire une beauté ? demandai-je.

— Je veux simplement être un peu présentable. La première impression, c'est important.

Assis sur une chaise, je regardai les touffes de cheveux tomber au sol comme des flocons de neige. J'eus une folle envie d'en récupérer une, mais je n'osai pas. Dans le miroir, nos yeux se croisaient de temps en temps. Finalement, le coiffeur passa un petit miroir derrière sa tête.

— Ça vous va ? demanda-t-il.

— Parfait. Hein, Coco ?

Barracuda for ever

— Tu es superbe.

— Je vous fais les pattes? demanda le coiffeur.

— Vous voulez me faire marcher, c'est ça? répondit Napoléon.

Et ils éclatèrent de rire en même temps. Une fois sur le trottoir, il hésita.

— J'ai pas envie de rentrer, Coco. Allons boire un coup! Après ça sera plus difficile.

— Après quoi?

— Après, c'est tout. De toute façon, j'ai un truc à te dire.

Mon cœur battait. Depuis quelques semaines, j'avais l'impression qu'il n'y avait plus que des dernières fois, entre Napoléon et moi.

Le café était une vraie fourmilière. Des jeunes, des vieux, des familles, des solitaires, la terre entière semblait s'y être donné rendez-vous et Napoléon accrocha son fauteuil dans des landaus et trottinettes.

— Un Coca, Coco?

Je souris en faisant oui de la tête.

— Deux Coca! commanda-t-il à haute voix en claquant des doigts.

Il promena son regard sur l'assistance. Dans ses yeux brillait une lueur de fatigue que j'avais appris à reconnaître. Combien de temps avant l'éclipse? Un quart d'heure? Une demi-heure? C'est l'adversaire qui maîtrisait le chrono.

274

Barracuda for ever

— Tu te souviens, Coco, quand j'étais à l'hôpital? Pour mon lumbago. Oui? Je me demandais pourquoi les gens ne peuvent pas tenir en place. Toujours à droite, toujours à gauche. Jamais cinq minutes au même endroit.

— Je me souviens.

Le serveur déposa les deux Coca devant nous. Napoléon sortit de sa poche un billet de 50 euros.

— Gardez tout! Eh ben aujourd'hui, j'ai la réponse.

Il me regardait avec fierté. J'étais un peu déçu. Je comptais apprendre un secret de Napoléon et...

— Oui, j'ai la réponse et elle est toute simple. Parce qu'ils s'ennuient, tout simplement. Et quand on s'ennuie, on a de mauvaises pensées. Surtout une. C'est pour ça qu'on est toujours en vadrouille, pour ne pas penser, pour échapper à cette pensée.

— Quelle pensée, exactement?

Il déchira avec ses dents le papier qui gainait sa paille, puis en soufflant dedans il l'envoya voler au-dessus des tables. La petite fusée plana quelques instants avant de se nicher dans la chevelure d'une dame qui ne s'en aperçut pas.

— Tu vois, dit Napoléon, j'ai quatre-vingt-six ans. Je les fais pas, c'est vrai, mais je les ai.

— Oui.

Barracuda for ever

— Traduis en Coupes du monde de football. Allez, c'est instructif. Pose la division sur la table… Fais voir. C'est ça.

— Vingt et un virgule cinq.

À peine vingt-deux petites Coupes du monde de football de rien du tout. Et j'avais déjà connu mes deux premières. Mon père une douzaine. Nos vies se réduisent à ça. À quelques Coupes du monde. Et puis au coup de sifflet final.

— Ça fait réfléchir, hein ?

Mon cœur se gonfla de sanglots. Les bruits autour de nous formaient une toile épaisse dans laquelle je me débattais. Le claquement des verres sur le comptoir m'entrait dans la tête comme des clous. J'eus envie de planter mon empereur là et de le laisser se débrouiller.

— Bon, Coco, le temps presse. Le compteur, toujours le compteur. J'ai un autre truc à te dire, encore plus important. Tu es prêt ? Oui ? Un secret…

Il marqua une hésitation, guettant sur mon visage un encouragement.

— Je ne le dirai à personne, le rassurai-je, je te le promets.

— Motus, hein ?

— Et bouche cousue.

Il jeta des regards à droite et à gauche comme si on risquait d'être espionnés. Il ressemblait à un oiseau apeuré.

Barracuda for ever

— Eh ben, Coco, voilà : tu vois, pour les chiffres je me débrouille. Mais pour le reste... Je... je...

Il prit son souffle et lâcha à toute vitesse :

— Jesaispaslire. Voilà, c'est dit ! Ouf, ça fait du bien.

— Pas lire ? Pas lire... Tu veux dire...

— Pas lire, c'est tout. Ni écrire évidemment. C'est quand même pas compliqué à comprendre. Pas un mot. Rien.

Il désigna sur le mur une affiche qui annonçait un grand prix équestre.

— Par exemple, là, cette affiche, j'y comprends que dalle. Je vois juste un canasson. J'ai jamais réussi à apprendre, ça m'a vite énervé et j'ai toujours filouté. Toute ma vie. Même Mme Taillandec n'y voyait que du feu.

J'ai pensé à Joséphine et il devança ma question :

— Elle n'a jamais rien deviné. J'ai jamais osé lui dire, tu penses. Surtout que dans le taxi, le jour de notre rencontre, elle m'a demandé si j'aimais les romans de je sais plus qui. Et j'ai dit oui, que j'adorais. Ça a commencé comme ça. Tu commences à mentir et après t'es pris au piège par ton mensonge. Les lettres, les signes, les accents, tout ça, j'ai jamais compris comment ça s'organisait. En plus quand on voyage, comme dans mon métier, eh bien ça change dès qu'on passe

Barracuda for ever

une frontière, alors tu parles d'un intérêt. Dans la boxe, on a surtout besoin de lire la peur et le doute dans le regard de l'adversaire; et ça, tu l'as dans aucun livre.

— Mais quand t'étais taxi, comment tu faisais?

— Je me dirigeais à l'instinct.

— Dis donc t'es super fort. L'empereur des filous.

— Merci, Coco. Tu sais à quel âge il a su lire, ton père? Quatre ans. Il a su lire à quatre ans. Je lui proposais d'aller voir un match et lui il préférait lire ses livres. Sale gosse. Avant de savoir lire, il réclamait des histoires, tous les jours. Je prenais un livre au hasard et je racontais n'importe quoi en suivant les images. Il gobait tout!

Il ricana de façon malicieuse et satisfaite puis me fit signe de m'approcher de lui.

— Écoute-moi bien, Coco, à toi je peux l'avouer, je voudrais bien apprendre.

— À lire? murmurai-je.

— Oui, mon général, à lire, pas à coudre. Je sais pas si l'ennemi nous en laissera le temps. Ça sera ma dernière conquête! Je sais bien que j'en aurai pas beaucoup l'usage, mais ça peut servir quand même. Des fois qu'ils fassent remplir un formulaire là-haut!

Je baissai la tête. Le coiffeur. *Je veux simplement être un peu présentable. La première impression, c'est important.* La valise au milieu du salon. Nos

Barracuda for ever

yeux se rencontrèrent. J'y découvris le renoncement : il avait accepté de quitter sa maison.

— Ne prends pas ça pour une retraite, Coco.
Encore moins une capitulation. Une simple
diversion. On endort l'ennemi, on le trompe.

— On le filoute.

— Voilà, c'est ça, on le filoute. T'as tout compris. Et chiale pas, il en profiterait. D'ailleurs, j'ai
un plan. Tu as de quoi écrire ?

Il lut l'incrédulité dans mes yeux.

— Je vais dicter mes conditions, dit-il. Tu
vois, j'ai un peu peur de les oublier !

Je laissai courir mon stylo sur la feuille, notant
strictement les phrases qu'il prononçait. Parfois,
il insistait sur un point et précisait alors :

— Souligne bien. C'est très important.

Je remplis ainsi toute la feuille. Napoléon
parut soulagé.

— Ton empereur se battra jusqu'au bout et ne
lâchera jamais rien. Et on restera en contact, hein ?

— Oui, mon empereur, on restera en contact.
Toujours.

— C'est bizarre, j'ai froid. On rentre ?

*

Le floc floc floc angoissant du robinet distil-
lait toujours le temps. J'avais l'impression que
les gouttes résonnaient de façon de plus en plus

Barracuda for ever

sonore contre la faïence. J'eus envie de shooter dans la petite valise, au milieu de la pièce. Napoléon observait sa maison comme s'il la découvrait.

— Mon empereur...

Il sursauta. Nos regards se croisèrent ; ses yeux bleus ne faisaient que fouiller sa propre mémoire aussi épaisse qu'une jungle. Le passé et le présent s'y entrecroisaient comme des lianes.

— Écoute un peu ça, grand-père : *Trois gouttes contre la faïence. Un arbre derrière la vitre. Le souffle.*

— C'est joli, ça. On dirait un message codé de Radio Londres pendant la guerre.

— C'est de la poésie japonaise. Un haïku.

— Et ça sert à ku ? Non, à quoi ?

— Ça sert à retenir l'évanescence des choses.

Il fronça les sourcils.

— L'évanescence, repris-je, c'est les choses de la vie qui sont en train de disparaître et qu'il faut retenir.

Napoléon se mit à agiter sa main devant lui comme s'il s'était brûlé.

— Donne encore un exemple, là, de ton truc évajesaisplusquoi !

J'ai fermé les yeux. Je sentais posé sur moi le regard de Napoléon.

— Ah tiens, voilà : *Une valise solitaire. Une boule sur le carrelage. Plus personne.*

— C'est bien, il n'y a pas trop de mots. Je peux essayer ?

Barracuda for ever

Il se concentra, prit une grande bouffée d'air puis lâcha d'un trait :

— *Un direct dans la gueule. Un nez qui pisse le sang. K.-O.*

Il guettait ma réaction.

— Pas mal ! dis-je. Vraiment pas mal.

Un sourire d'une infinie nostalgie apparut sur son visage tout fin, un sourire qui avait la même couleur et la même tendresse que ses cheveux blancs.

De nouveau il s'éloignait de moi.

Il partait sans se retourner sur son cheval, dans les immenses plaines désertiques de la vieillesse. Et les sabots de son cheval faisaient *floc floc floc* sur la terre gelée.

— Mon empereur, murmurai-je, mon empereur...

J'entendis une clé tourner dans la serrure.

— Joséphine, s'écria Napoléon, tu en as mis du temps !

Mon cœur s'emballa. Mais non, c'était la dame que mon père avait engagée. Il me désigna de la main droite.

— Grâce à monsieur, nous avons trouvé la maison de nos rêves. Viens, je te fais visiter. Nous allons vieillir ensemble dans cette maison et nous ne la quitterons jamais. Joséphine ?

— Oui, Napoléon, répondit la dame.

— J'ai encore du sable dans mes chaussures.

Lettre de Léonard

Grand-mère,

Je t'écris pour un truc grave qui est arrivé la semaine dernière ; assieds-toi avant de continuer à lire, et lâche ta tapisserie deux secondes. Et même si tu viens de la terminer, enlève une dizaine de rangées, on a encore besoin de toi. J'ai juré à Napoléon de ne rien répéter mais je te le répète quand même parce qu'en vérité Napoléon n'est plus tout à fait Napoléon. Il est tellement maigre et ridé qu'on dirait un drap pas repassé ; même ses beaux cheveux tout blancs, tu sais, il en perd des poignées entières. On lui voit le dessus du crâne. Il y a des moments où il a comme quitté notre monde, il ne reconnaît plus personne. Maman appelle ça la Venise de la vie parce qu'on y flotte en dehors du temps, et qu'on s'y perd dans un grand labyrinthe très calme et doux. D'autres fois, mais de moins en moins souvent, il est encore impérial avec toute sa colère intacte. Alors on dirait qu'il n'a pas changé du tout. Il rit encore très bien, c'est un rire qui remplit tous les couloirs

Barracuda for ever

tellement fort que l'autre jour l'alarme s'est déclenchée ; je crois que le rire, c'est ce qui part en dernier.

Et puis j'ai tout compris pour le divorce et le renouvellement. Il voulait rester notre empereur pour toujours, que tu ne le connaisses pas dans cet état, et surtout que tu ne le voies pas dans cette grande résidence où il est maintenant avec tous les autres qui ne répondent plus bien aux critères de la vie normale.

Tu as bien lu, il a accepté de quitter sa grande maison où il a toujours vécu avec toi. Là où il habite maintenant, il y a juste la place pour un transistor pour le jeu des mille euros et le portrait de Rocky qu'on a mis bien droit juste en face de son lit. Des fois j'ai l'impression que sa seule famille, c'est lui, Rocky. On dirait que Rocky essaie de le rassurer et qu'il lui dit « Viens, viens, n'aie pas peur, tu verras on sera bien tous les deux ». Tout le reste est fourni, mais il n'y a pas de piles dans la télécommande de la télévision, et d'ailleurs on s'en fiche parce qu'il ne la regarde pas, la télévision. Il dit que c'est un truc de vieux. Tu vois, le combat continue quand même.

On lui a donné une chambre au deuxième étage avec une vue plongeante sur la cour de l'école. Il peut me voir et moi je peux le voir aussi. Deux fois par semaine, il vient dans la classe et il se met à côté de moi. Je suis sûr que tu seras contente de savoir que c'est un très bon élève, très attentif. Il a une façon de parler que tu ne reconnaîtrais pas, il met les lettres dans le désordre et pour le comprendre faut les récupérer au fond du sac et tout raccommoder, alors souvent il parle avec les yeux.

On se surveille, tu vois. Peut-être qu'un jour, à force de se surveiller, on finira par se faire la belle, tous les deux, la merveilleuse même, sans se retourner. Je dis ça pour le rêve, mais je sais bien qu'il partira tout seul de

Barracuda for ever

son côté. Avant, je croyais que c'était pas possible, mais maintenant je sais que si. C'est pour ça que quand il voudra te revoir il faudra te tenir bien prête, on n'aura vraiment pas beaucoup de temps; il sera content de savoir que tu lui as tricoté un pull. Faut pas que tu te fâches s'il ne t'écrit pas, un jour je t'expliquerai pourquoi.

Grosses bises
Léonard

24

Quelques semaines passèrent.

Pendant les récréations, Alexandre et moi guettions les apparitions de Napoléon à sa fenêtre. Il nous faisait un petit signe. Son visage était devenu fin comme une lame de couteau, son regard vacillant comme la flamme d'une bougie. Il dressait vers nous son poing serré et nous lui répondions du même geste.

Nous l'admirions.

Il souriait derrière la vitre transparente comme le temps. Même s'il était enfermé, même si son empire était devenu minuscule, il restait le pirate qu'il avait toujours été et sa révolte brillait dans ses yeux, toujours intacte.

— Oui, il organise des combats de boxe dans les couloirs! Des parties de bowling!

— Oh!

— Il entraîne une équipe de Claudettes jusqu'à 2 heures du matin! Et... et...

Barracuda for ever

— Et?

— Et il les emmerde tous! Il emmerde toutes les prisons!

— Moi aussi! cria Alexandre.

— Moi aussi! repris-je en écho.

— Oh ça, c'est bien! Prends, prends une bille! Prends!

Napoléon fit tant et si bien avec son bordel infernal que mes parents furent convoqués par la directrice au chignon noir.

— «Alexandrie Alexandra» et «Le Mal Aimé» jusqu'à 2 heures du matin, avec les Claudettes qui se tortillent, déjà c'était limite-limite.

— On vous avait prévenue, dit mon père.

— Attendez, je n'ai pas fini. Son barracuda qui a de l'appétit jusqu'à je sais plus quelle heure, c'est énervant mais là encore, à la limite-limite, je veux bien. Je ne suis pas une ennemie de la fantaisie.

Elle marqua un temps d'arrêt, croisa les doigts et reprit:

— Tout ça, c'était, hum, *borderline*. Mais aujourd'hui, la limite-limite est dépassée-dépassée et je dis non. Non, non et non! J'aime bien les vieux, mais là... Il y a quand même un règlement à respecter. Des normes, si vous voulez.

— Il n'est pas très fort en règlement, dit mon père, ça c'est vrai.

Barracuda for ever

Acoquiné avec une demi-douzaine de gaillards, il avait séquestré le maître nageur dans les vestiaires de la piscine.

— Après lui avoir subtilisé son maillot de bain, précisa la directrice. On a dû le faire interner dans une maison de repos. Et ce n'était que le début, le hors-d'œuvre. Ils ont dérobé les tomates du réfectoire pour... Vous savez quoi?

On a fait non de la tête, mes parents et moi.

— Pour bombarder ce pauvre accordéoniste qui vient les distraire tous les mercredis. Depuis vingt ans on applaudit sa gentille musique, votre père débarque et paf, des tomates dans le nez...

— C'est vrai que l'accordéon, dit mon père, ça irrite quand même un peu les nerfs...

— Ils veulent tous de la pop et du reggae. Des trucs qui balancent! Ils réclament tous des chambres doubles, des posters de Bob Marley, ils veulent fumer de la marijuana, non non non, votre père dépasse les bornes. Car c'est lui, le meneur! Le gourou! Le leader!

— L'empereur, quoi! murmura mon père.

— Si vous voulez, l'empereur, d'ailleurs c'est comme ça que ses camarades l'appellent. Ou l'amiral, les jours de piscine!

Ainsi Napoléon remplissait-il de lignes de feu les dernières pages de son livre. En moins d'un mois, il avait répandu dans la paisible résidence de convivialité un vent de révolte, de bonheur et

Barracuda for ever

d'énergie qui devait être son héritage et dont on se souviendrait longtemps après son passage sur terre.

Le lendemain de cette entrevue, mon père, poussé par la directrice, se sentit obligé de lui faire la morale.

— Il dnonetorp d'odres dans cette miason, se contenta de lâcher Napoléon. Et j'iame pas les odres.

— Trop d'ordres? s'étouffa mon père. Et le maître nageur que tu as maltraité, il te donnait trop d'ordres, lui aussi?

— Je me sius pas lassié déoprter puor farie des moulniets dans l'aeu.

— D'abord, s'exclama mon père, encore une fois, arrête de dire qu'on t'a déporté; et puis les moulinets dans l'eau, c'est bon pour la santé. Il te faisait faire des exercices pour ton bien. Tu comprends, ça? POUR-TON-BIEN.

Napoléon haussa les épaules.

— Geulue pas comme aç, je sius pas sroud.

— Je gueule pas, j'explique!

— Il m'énrevait avec son pteit milalot de bian en lépoard.

— Qu'est-ce qu'un maillot de bain en léopard vient faire là-dedans?

Un sourire malicieux illumina soudain le visage de mon grand-père. De l'index, il fit signe à mon père de s'approcher et lui parla dans le

Barracuda for ever

creux de l'oreille. Mon père écouta puis eut un vif mouvement de recul, visiblement choqué.

— Qu'est-ce que tu dis? Qu'il avait une toute petite... Mais enfin, papa, tu dérailles totalement. Vraiment, je ne te comprendrai jamais.

— Je sais. On ne s'est amjais comrpis. Proutant...

— Proutant, euh, pourtant quoi? demanda mon père en se dressant sur la pointe des pieds.

— Pourtant rien. Mets la radio, c'est l'heure du jeu des mille.

Les trois notes argentines sonnèrent leur trêve quotidienne. Ding-ding-ding.

Pendant un quart d'heure, les choses allaient reprendre leur place.

Lettre de grand-mère

Mon grand garçon,

Depuis que j'ai reçu ta dernière lettre, je n'arrête plus de tricoter tant pis si j'ai des ampoules aux mains, une ampoule dans la main c'est dangereux que pour Cloclo (excuse-moi c'est une plaisanterie idiote, c'est moi qui disjoncte), je tricoterais avec les pieds si c'était possible, la journée, la nuit, le matin, le soir, je ne pense plus qu'à ça, au jour où Napoléon me voudra à ses côtés et que je pourrai lui donner son chandail, au moins il aura bien chaud, dans la Venise de la vie où c'est humide comme pas possible.

S'il s'en va sans me faire signe dis-lui que c'est pas grave, et que j'ai pensé à lui toutes les minutes de ma vie et que ça sera pareil même s'il n'est plus là, toutes les minutes de sa mort je penserai à lui, et aussi que la seule chose que je regrette c'est de ne pas avoir pu retourner sur cette plage, je sais même plus quel âge on avait, je pourrais calculer mais ça me fait peur. J'arrête pas de

Barracuda for ever

regarder la carte pour bien m'assurer qu'elle a existé, cette plage, je ne sais pas pourquoi on n'y est jamais retournés, lui et moi, quand c'était encore possible, c'est idiot, faut faire les choses quand elles sont possibles, c'est la seule chose à retenir, le reste tu peux le mettre à la poubelle.

Tu sais, le renouvellement, je ne l'ai jamais pris contre moi, c'est un truc des hommes qui ont l'angoisse de vivre à l'idée de mourir, la mort c'était la seule chose qui pouvait lui faire peur, à Napoléon, la nuit avant de m'endormir, je me dis parfois que peut-être j'aurais dû m'accrocher à ses côtés et ne jamais quitter la maison, mais je me dis aussi que mon départ c'est comme un cadeau que je lui ai fait, que je garde dans les yeux et le cœur la belle image qu'il veut laisser, c'est pour ça que le divorce je l'ai accepté, pour qu'il reste Napoléon, tu te rends pas encore bien compte mais les humains sont drôlement compliqués.

D'ailleurs, à propos de complication, figure-toi qu'Édouard a trouvé une assistante de vie de grande classe, très éduquée dans les choses de l'Asie, il ne me fait presque plus signe, il m'a appelée l'autre soir pour me dire qu'il ne pouvait pas me voir cette semaine à cause d'une partie de jeu de go qui s'éternise, son assistante est une pro, il paraît, ils ont été revoir deux fois *Les 7 samouraïs*, ça fait 14, presque une colonie, je sais pas comment ils peuvent, il paraît que cette pauvre assistante a traversé une mauvaise passe professionnelle, ils se font du bien tous les deux et il m'a laissé entendre qu'il avait l'intention de l'adopter, il m'a dit au téléphone: « Vous vous rendez compte, je vais devenir papa, à mon âge ! », quand j'ai dit à Édouard que je me remettais à tricoter, eh bien il m'a dit d'une voix très gentille que c'était plus la peine

Barracuda for ever

de me presser car il partait au Japon avec son assistante, ou sa fille je sais plus comment dire, pour une croisière et une tournée des théâtres Nô, il y a eu un long silence dans le téléphone, il était vachement gêné, j'ai pas eu le cœur d'expliquer que si je me pressais ce n'était pas du tout pour lui, et il a ajouté sur un ton ému et très tendre qu'avec moi il avait failli commettre une erreur de jeunesse, j'ai failli pleurer, mais je ne savais plus à cause de quoi.

J'ai juste répondu: Chacun son Bonheur!

Le courrier c'est comme le tricot je peux plus m'arrêter mais il faut que je me remette à mes aiguilles.

Je t'embrasse bien fort

25

Deux fois par semaine, après la récréation du matin, un rituel s'institua. Napoléon, ainsi que deux ou trois de ses camarades qu'il avait réussi à entraîner dans cette dernière campagne, venait prendre place dans la classe. Ils étaient tous munis d'un petit cahier d'écolier marqué à leur nom. Alexandre et moi leur faisions une haie d'honneur qui soulevait la moquerie des autres élèves, mais nous nous sentions hors d'atteinte. Notre rêve, personne ne nous le volerait.

Un jour, Napoléon s'arrêta devant Alexandre et le considéra longuement, de son étrange casquette à ses baskets déglinguées.

— C'est le soldat Rawcziik, murmurai-je.

— Soldat Raw, euh… Raw machin… vous avez bien combattu. Je vous nomme général adjoint. Mon Coco aura besoin d'aide quand l'empereur ne sera plus là.

Ma table aurait été bien assez large pour nous deux si Napoléon n'avait pas pris un malin plaisir

Barracuda for ever

à s'étaler de toute sa largeur. Je lui pardonnais volontiers les ratures que son coude me faisait faire en cognant mon bras. Après tout, il était fidèle à lui-même : il continuait à prendre beaucoup de place.

Les camarades de Napoléon avaient eux aussi une revanche à prendre sur une partie de leur vie, sur quelque chose qu'ils avaient eu le sentiment de manquer. Ils avaient tous une Mme Taillandec avec laquelle régler des comptes. L'un n'avait jamais su poser une division, un autre jamais su reconnaître un losange, un troisième jamais rien compris à la conjugaison. Aucun d'eux ne comprenait pourquoi le monde tourne tellement de traviole et à cette interrogation, ni eux, ni notre maître d'école, ni même Victor Hugo sous son cadre de verre accroché au-dessus du tableau n'avaient jamais trouvé de réponse.

Dans ces dernières semaines, l'ennemi sembla parfois battre en retraite, comme s'il n'osait pas franchir les portes de l'école.

— Il était en pleine forme, aujourd'hui ! disait Alexandre.

Je faisais semblant de le croire. Quel bonheur, parfois, d'oublier la réalité ! Napoléon, très concentré, suivait dans le livre de classe, le doigt sous les phrases. Nous glissions sur les mots comme sur un toboggan, ce toboggan que nous aurions sans doute dévalé ensemble si un

Barracuda for ever

jour nous avions pu avoir le même âge en même temps.

Ce soir-là, juste après l'école, j'abandonnai comme parfois Alexandre pour rendre visite à Napoléon dans sa chambrette. Mon grand-père était particulièrement peu loquace et se limait les ongles (une habitude de boxeur qu'il avait gardée).

Rocky nous faisait face, sous son cadre de verre.

— Grand-père, tu vois Rocky, là.

Il leva les yeux vers le cadre. Un sourire éclaira son visage.

— Il est toujours là, lui, continuai-je, tu as gardé sa mémoire, on pense à lui tous les jours. Il tient encore une sacrée place! On ne disparaît pas vraiment quand on se souvient de toi. Quand il n'y a plus personne pour se souvenir, oui, là t'es vraiment parti, mais sinon, c'est pas vraiment la fin. Le seul ennemi, c'est l'oubli, tu crois pas?

— Ah, Rocky, on peut dire qu'il a laissé sa trace, impossible de l'oublier. Il a trouvé le truc. Un malin celui-là! Plus fort que nous tous réunis.

Sans quitter des yeux le portrait, il le salua à la façon d'un militaire :

— Salut, l'artiste. Chapeau! Tu sais quoi, Coco?

— Non, dis-moi.

Barracuda for ever

— L'essentiel dans la vie, c'est pas compliqué, c'est de bien s'amuser avec des gens que t'aimes bien. Oublie tout le reste, ça n'a aucune importance. Tu te souviendras comme on s'est bien amusés? Et comme on s'est bien aimés? Hein, on s'est bien marrés? Dis-moi qu'on s'est marrés, ça me fait du bien.

— Oui, mon empereur, on s'est bien marrés. Jamais personne ne s'est marré comme nous.

— Plus tard, tu diras autour de toi une phrase toute simple: «J'avais un grand-père, et avec lui je m'amusais bien.» Les gens comprendront.

— Oui, je dirai ça, j'oublierai pas. *J'avais un grand-père, et avec lui je m'amusais bien.* Je vais essayer de m'en souvenir.

— Tu veux que je te l'écrive?

Il souriait et son sourire était aussi grand que son visage.

— Parce que tu sais? demandai-je.

— Presque. Je m'en faisais tout un monde, mais à côté de toi, je sais pas pourquoi, c'est venu tout seul. J'ai dû savoir un jour, et j'avais oublié.

Je lui tendis mon cahier de classe. Il humidifia la pointe du stylo en la tamponnant sur sa langue et commença à tracer les lettres en prenant soin de ne pas dépasser des lignes.

— Voilà. Comme ça, t'oublieras jamais.

Javé un granpair et aveque lui je mamu zais bien

Barracuda for ever

Quelques secondes de silence. Ma gorge était serrée. Je trouvai la force d'ajouter :

— Et on va encore bien se marrer, hein ?

— Ça oui, tu vas voir la rigolade dans pas longtemps.

Que voulait-il dire par là ? De quelle rigolade parlait-il ? Un frisson me fit trembler des pieds à la tête.

Soudain, il parut gêné.

— J'ai un service à te demander, bougonna-t-il.

Il passa la main sous son oreiller et en sortit une feuille de cahier pliée en quatre. Il me la tendit mais au moment où j'allais m'en saisir, il replia son bras et dit sur un ton soupçonneux :

— Tu ne te moqueras pas de ton empereur ?

— Mais non.

— Jure.

— Je jure.

— Bon, prends alors. Je l'ai écrite moi-même. Finalement c'est quand même utile, les lettres. Il y a peut-être quelques fautes, pas grand-chose, tu amélioreras. Ajoute les virgules et les points, je les ai livrés séparément. Dépêche-toi, c'est assez pressé. Envoie-la en courrier prioritaire et souviens-toi bien que ce n'est pas une...

— ... capitulation... Juste une diversion.

— Voilà. Y a que toi qui m'auras compris.

301

Barracuda for ever

— Moi et Rocky.
— Toi et Rocky.

*

L'esprit totalement accaparé par la mission que je dois remplir, je cours jusque chez moi à travers les rues vides baignées d'un soleil qui découpe la réalité en lignes sèches. Le temps presse, le monde n'est plus qu'un sablier à travers lequel s'écoulent les heures. Je me dis qu'avec un peu de chance la lettre peut partir dès le soir même, chaque seconde devient un trésor.

La porte de la maison est restée entrebâillée. Je la pousse, brusquement certain de découvrir un malheur derrière. Il y en a tant qui guettent nos vies. Mes pas résonnent dans le couloir vide. Le sac de ma mère est jeté sur la table et les clés de la maison brillent sur le carrelage. Mon cœur frappe à grands coups. Un gémissement provenant du salon me fige.

Alexandre se tient debout devant ma mère qui, assise sur une chaise, lui tamponne le visage avec une boule de coton imbibée de Mercurochrome.

— Je dois avoir l'air d'un clown, hein? dit Alexandre.

Son visage douloureux sourit. Son nez saigne encore un peu.

Barracuda for ever

— Ils ont vu que j'étais seul, alors ils m'ont suivi.

Un éclat de rire interrompt sa phrase.

— Mais je me suis battu ; j'ai sauvé les billes de Napoléon et ma casquette.

Il la soulève comme on faisait autrefois pour saluer.

— Arrête de bouger, murmure ma mère, sinon je n'y arriverai jamais.

Alors Alexandre s'immobilise en un clin d'œil. Se tenant bien fermement sur ses deux jambes serrées, il souffle :

— Je ne bougerai plus jamais, promis.

J'ose à peine respirer de peur de faire éclater cette petite bulle de confiance.

Un flot de questions se précipite dans ma tête. Pourquoi ma mère était-elle là quand il s'est fait attaquer ? Est-ce que c'est elle qui a fait fuir les garçons ? Ou bien ne sachant où aller est-il venu de lui-même trouver du secours ici ?

Elle range pansements et compresses, ferme le petit flacon d'alcool. Puis elle prend les mains d'Alexandre et en regarde alternativement les paumes, minuscules palettes où se mélangent le vert, le bleu et le jaune. Son rire éclate comme du cristal, et Alexandre pouffe lui aussi dans son sillage.

— Tu as déjà tout utilisé ? demande ma mère.

— Oui, répond Alexandre.

Barracuda for ever

— Moi aussi à ton âge les couleurs me filaient entre les doigts ; je t'en donnerai d'autres la prochaine fois.

— Plein de couleurs ?

— Plein.

Ma curiosité s'estompe graduellement, au fur et à mesure que m'envahit le bonheur diffus de les voir ensemble.

Alors je préfère garder le silence car ce que j'aime en eux, c'est ce qu'ils ne diront jamais.

Lettre de Napoléon

Avant

Pour le renou vèlement sais foutu de foutu ma Jauséfine
je m'escuse de ta voir di vorcé et miz ala porte tu cet
a kose de langouasse du dernié komba je crouaillé que
vieillir il sufi sait de pas voulouar 2 dire mairde Mais sa
marche pas du tout komme sa Ladver saire ait trop
fort, bocoup trop for et l'ar bitre ait vendu tu va pas
me croir j'ai plus rien dens les point plus da longe ke de
la mar melade dans les guy bol, plus que le ponpon
de poudre je me suis batu au temps ke jai pu mai lenvie
ma kiter je vai pas tenir lontan chui plus jamet a la vert
icale et jené plu bo kou de convers a sion et maime jai
pairdu tou met bo cheve et 1 dant mes sa m'étonne ré
ke la p'tit souri pass ces draule et sa fait rien parce ke je
sen ta min kipass enkor 2 dents la seul chause ki me rest
sais l'en vie de te vouar et de passez le reste de ma vie
aveque toua ci tu vien ti risk d eme kon fondre aveque le
drap moua chui en deux sous et sai de fer selle kest pas

Barracuda for ever

sur prise et pui il i a set chause ke tu ai la seul a savouar
tu ses bien et ki na jamet voulu sortir je ve
pas rejouindre Roqui sang avouar videz mon sak.
Napoléon

.... ,,,,,,,,, ;;;;;;;
!!!!!!! ← La ponktuasion rajoute la,
mon koko

Après

Pour le renouvellement, c'est foutu de foutu, ma Joséphine. Je m'excuse de t'avoir divorcée et de t'avoir mise à la porte. Tout ça, c'est à cause de l'angoisse du dernier combat; je croyais que vieillir, il suffisait de pas vouloir, de dire merde, mais ça ne marche pas du tout comme ça. L'adversaire est trop fort, beaucoup trop fort, et l'arbitre est vendu. Tu ne vas pas me croire, mais je n'ai plus rien dans les poings, plus d'allonge, que de la marmelade dans les guiboles, plus que le pompon de poudre. Je me suis battu autant que j'ai pu mais maintenant l'envie m'a quitté. Je ne vais pas tenir longtemps. Je suis surtout à l'horizontale, je n'ai plus beaucoup de conversation; et même j'ai perdu presque tous mes beaux cheveux; ça fait rien parce que je sens ta main qui passe encore dedans. Et aussi une dent, mais ça m'étonnerait que la petite souris passe; la seule chose qui me reste c'est l'envie de te voir et de passer le reste de ma vie avec toi. Si tu viens, tu risques de me confondre avec le drap, moi je suis en dessous. Essaie de faire celle qui n'est pas surprise.

Barracuda for ever

Et puis il y a cette chose, là, que tu es la seule à savoir, tu sais bien, et qui n'a jamais voulu sortir. Je ne veux pas rejoindre Rocky sans avoir vidé mon sac.

Napoléon

J'ai posté la lettre à l'aube.
Et j'ai attendu.

26

La nuit suivante, une fièvre inexplicable s'empara de moi et me cloua au lit. Je l'accueillis comme une bénédiction. L'esprit engourdi, je passai des heures étendu sur mon lit, les mains croisées derrière la tête. Je me demandais quelle était cette chose dont Napoléon parlait dans sa lettre et qui l'encombrait tant. Quelle serait ma réaction si j'apprenais qu'il n'avait jamais été boxeur et que depuis toujours il m'avait menti ? L'espace d'une seconde folle, j'en vins à espérer qu'il nous quitte en gardant son secret. Comme ces galions espagnols pleins d'or qui sombrent corps et âme et font rêver les hommes pendant des siècles.

Parfois je m'endormais, alors les arbres recommençaient à tomber inlassablement, comme de dociles soldats, et à mon réveil mes draps étaient trempés de sueur. La pluie claquait sur les toits. Les heures passaient lentement. Elles étaient poisseuses et sans espoir.

Barracuda for ever

Ma mère dessinait sans relâche au dernier étage. De temps en temps, elle ouvrait ma porte; je croisais son regard.

— Ça va? me demanda-t-elle.

— Ça ira mieux après, répondis-je. Qu'est-ce que tu fais?

Elle me montra ses mains pleines de couleurs.

— Je dois faire vite, murmura-t-elle.

En fin d'après-midi, Alexandre sonna. Je m'aperçus que je l'attendais.

— À toi de me raconter aujourd'hui, lui dis-je.

— Il n'est pas venu.

— De toute la journée?

— De toute la journée. Et la fenêtre est restée vide. Tu t'en doutais?

Je fis oui de la tête. Il sourit et ajouta:

— Il n'est plus à sa fenêtre, mais il nous regardera toujours.

Il baissa le regard puis décrocha le petit sac qui pendait à sa ceinture.

— Tiens, dit-il, prends. Il n'en reste plus que deux. Prends-les.

Je m'en saisis puis ouvris la main devant moi. Les deux billes reposaient dans le creux de ma paume.

— Une chacun, dis-je.

— L'héritage de Napoléon, murmura Alexandre. Seuls les frères partagent les héritages.

Barracuda for ever

Entre le pouce et l'index, je fis miroiter la bille qu'Alexandre m'avait laissée.

— Elle est belle, hein! dit-il.

— Oui, murmurai-je, elle brille. On a l'impression qu'elle renferme des tas de choses.

— Des choses secrètes.

— Je penserai toujours à toi quand je la regarderai, dis-je.

— Quand on se reverra, on aura ce signe. Même si c'est dans très longtemps, on se reconnaîtra. Et elles brilleront toujours autant.

Il tenait sa casquette à la main et je ne parvenais pas à en détacher les yeux. Nos regards se croisèrent. Le sien brillait. Il chuchota:

— Je vais pouvoir la rendre à mon père. Il sort de prison aujourd'hui. Nous allons être réunis. Je voudrais te le montrer.

— Tu as une photo?

— Mieux, beaucoup mieux. Regarde.

Le portrait était d'une grâce et d'une simplicité envoûtantes. J'y reconnaissais le papier épais et les couleurs que mère avait l'habitude d'utiliser.

— On n'est jamais loin de ceux qu'on aime, dit-il. Même quand on est séparés.

Pendant qu'il rangeait délicatement le dessin dans son cartable, je murmurai:

— Elle t'a bien appris à dessiner.

Barracuda for ever

— Ce qu'elle m'a appris, c'est l'espoir. L'espoir et la joie. Tu lui diras, hein?

Je fis oui de la tête et pris une dernière fois entre mes mains la fameuse casquette.

— C'est sa casquette, alors? demandai-je.

— Oui, R, comme Raphaël. Mais ce n'est pas seulement la sienne. C'est celle de notre famille. Celle de mon arrière-grand-père... puis celle de mon grand-père avant qu'il ne la confie à mon père.

— Et plus tard ce sera la tienne.

Il hocha la tête.

— Elle a beaucoup voyagé! On la garde en mémoire. C'est pour ça qu'on ne doit pas la perdre.

— En mémoire de quoi?

— En mémoire des voyages dont on ne revient jamais.

Et il partit en courant, sans même prendre soin de fermer la porte d'entrée.

*

Une autre nuit passa au milieu des arbres vaincus. Maintenant j'étais seul parmi eux, sans Alexandre ni même Point à la ligne. Le moteur de la voiture de mon père me réveilla au milieu de la matinée. Mon esprit était clair et la fièvre avait disparu. Pourquoi mon père rentrait-il à cette heure-là? J'entendis les pas précipités de

Barracuda for ever

ma mère dans l'escalier. La porte d'entrée claqua et aussitôt après la voiture s'éloigna en faisant crisser les graviers. Et ce fut le silence.

La visite d'Alexandre défila dans ma tête. Je me sentis très seul.

Puis je m'aperçus que, sous la porte de ma chambre, ma mère, avant de partir, avait glissé de nouveaux dessins.

La fin du livre de Napoléon. Le voilà à côté de moi, dans la classe. Son visage à la fenêtre. La fenêtre sans son visage. Je me reconnaissais à peine, sur ces dessins. Il me semblait que je paraissais beaucoup plus âgé qu'en réalité. Les couleurs pâlissaient au fur et à mesure que l'on s'approchait de la dernière page.

Et cette dernière page, elle était encore vide. Blanche.

Je fermai les yeux.

Sans réfléchir, je me levai. Il pleuvait toujours. Si violemment que de larges et profondes flaques s'étaient formées sur la chaussée. Les voitures devaient ralentir pour les traverser. Le ciel, les arbres tournoyaient autour de moi. J'entamai une course folle, mais comme dans un cauchemar j'avais l'impression de faire du surplace. Je courais éperdument, la tête vibrante, les oreilles bourdonnantes, comme si cette course pouvait inverser le cours des choses. Ce cours contre lequel personne

Barracuda for ever

ne pouvait rien. La pluie coulait le long de mon visage. La clé dans la serrure.

La maison de Napoléon était abandonnée. Vide. Glaciale. La plupart des meubles avaient disparu. Mes parents les avaient-ils vendus? Où étaient-ils dispersés? Le jardin ressemblait à une petite jungle. J'eus envie d'y pénétrer et de m'y perdre. Et soudain elle apparut! La biche blanche! Elle était là, de l'autre côté de la vitre, à quelques mètres de moi. L'épaisse verdure du jardin faisait un écrin à son éclatante blancheur. Elle se figea sur place, sa délicate tête tournée dans ma direction. Je me perdis dans son œil doux et sombre. Quelques secondes après elle avait disparu, si rapidement que je me demandai si je n'avais pas rêvé.

Sur le mur des cabinets, le portrait de Rocky avait laissé un rectangle clair sur le papier peint. J'ai appelé:

— Napoléon... Mon empereur...

Les murs absorbaient ma voix. C'est ce silence que j'allais devoir affronter. À ce vide que j'allais devoir m'habituer.

Mais la phrase d'Alexandre – «On n'est jamais loin de ceux qu'on aime. Même quand on est séparés» – dispersa ce découragement.

Le garage était propre. Disparu le désordre infernal qui y régnait. Seuls restaient les vieux gants de Napoléon, attachés ensemble par leurs

Barracuda for ever

lacets. L'odeur de cuir était intacte et l'intérieur lâchait encore ses relents de transpiration victorieuse. Je les passai autour de ma nuque.

Il pleuvait toujours. Le ciel était gris et bas comme un couvercle. Je m'engageai sur l'allée de terre qu'il fallait emprunter pour rejoindre la rue principale de la ville.

Un arbre épais à l'écorce noueuse, un chêne bordant l'allée et qui semblait indestructible, gisait en travers de ma route. Les racines s'étaient arrachées du sol sableux détrempé. Des milliers d'insectes convergeaient en colonnes ordonnées vers ce nouveau refuge. Je reculai de quelques pas, avec un soin infini. Surtout, ne rien détruire. Plus loin, je passai mes mains sur l'écorce, m'allongeai sur le tronc et regardai le ciel. Il était gris, uniforme, immobile. Mystérieux comme nos vies.

Quelques minutes ou plusieurs heures passèrent.

Je courus vers mon grand-père, et sous la pluie incessante je ne savais pas si je riais ou si je pleurais.

27

Joséphine était là. En face du lit de Napoléon. Elle m'accueillit par un sourire sans paroles. Elle disparut dans la salle de bains et en ressortit presque aussitôt munie d'une serviette blanche avec laquelle elle me sécha les cheveux.

Napoléon paraissait reposé. Rajeuni, presque. Il flottait dans le chandail de Joséphine et tenait ses deux bras le long de son corps, les deux poings encore serrés.

— Si tu viens pour un bras de fer, tu vas être déçu, murmura-t-il faiblement en me voyant.

Je m'aperçus qu'on l'avait relié à une machine sur l'écran de laquelle défilaient sans arrêt des chiffres.

— Tu vois, mon Coco, soupira-t-il, le compteur, on n'en sort pas! Il aura eu le dernier mot, finalement. Toi, essaie de jamais te faire avoir par les compteurs. Ni par les chaussures à bout carré!

Et il lança à mon père un sourire d'une tendresse infinie avant de lui dire:

Barracuda for ever

— Allez, chiale pas, mon vieux!

— Je chiale si je veux! répondit mon père.

Napoléon se tourna vers moi.

— C'est l'heure?

Je fis oui de la tête. Et allumai le petit transistor. La voix rassurante de Machin emplit la pièce. Le candidat était un juge qui venait juste de prendre sa retraite, et comme souvent quand il recevait des candidats à la profession un peu particulière, Machin lui demanda quel était son souvenir le plus frappant.

— J'en ai vu de belles, dans ma vie de juge, vous pouvez me croire, mais mon plus beau souvenir, c'est celui d'un ancien boxeur. Un énergumène de presque quatre-vingt-six ans qui divorçait pour se renouveler. Eh bien croyez-moi si vous voulez, ce jour-là j'ai eu l'impression de me trouver face à quelqu'un d'immortel!

Napoléon s'endormit au milieu du super banco. J'éteignis la radio avant la fin de l'émission. Le silence était écrasant, seulement interrompu par le bruit électronique que la machine émettait toutes les minutes.

— Tu devrais sortir, commença mon père, ce n'est pas un...

— Non.

C'était Napoléon. Sa voix était faible, presque inaudible. Il continua:

Barracuda for ever

— J'ai des instructions à fournir pour la conduite de l'empire.

Je m'approchai. Tout près de sa bouche.

— D'abord, Coco, débranche-moi ce salaud de compteur… Plus grand-chose à mesurer…

La machine s'éteignit brutalement.

— Pas le moment de s'attendrir, Coco. Allons au plus pressé. D'abord à partir de ce jour, tu n'es plus mon général… Je te cède le commandement suprême de l'empire. Fais-en ce que tu veux…

— Je m'en occuperai bien, tu peux partir tranquille.

— Ensuite je voudrais que tu saches que je me suis battu jusqu'au bout… Mais il n'y avait rien à faire. L'ennemi est plus fort dans tous les secteurs du jeu…

Les gants. Ses poings y glissèrent sans difficulté. Je serrai les lacets.

— Boxe, là-haut. Frappe tant que tu peux. Au début, au milieu et…

— … à la fin.

Il sourit puis tourna la tête vers Joséphine. Leurs regards étaient d'une intensité surprenante. Elle abaissa la tête.

— Coco, dit-il, va falloir que tu comprennes parce que je sais pas si je vais avoir les mots.

Il leva un poing puis regarda le mur en face de lui. Le portrait de Rocky. Mon père, tout occupé

Barracuda for ever

à retenir ses sanglots, s'était appuyé contre le mur lui aussi, à moins d'un mètre du portrait. Je croisai à nouveau le regard de Joséphine puis celui de Napoléon. Est-ce que... Non, je comprenais mal, sans doute. Ou je n'étais toujours pas réveillé. Ou c'était la fièvre qui revenait... Mais je repensai au jour de l'anniversaire de Napoléon, dans la cuisine. Et surtout au dessin que ma mère en avait fait. Les gants, les gants usagés... Ceux de Rocky... Et mon père...

Mon cœur s'arrêta. Impossible d'avaler ma salive. Je mis ma main devant ma bouche pour éviter de crier. Je m'approchai encore plus près de Napoléon.

— Tu as compris? chuchota-t-il si doucement que j'entendis à peine sa voix.

— Je crois...

— Belle filouterie, hein?

— Mais c'est tellement...

— Un chef-d'œuvre, je sais...

— Le match n'était pas truqué, hein...

— Si. Il était truqué. Mais par moi. Je n'ai pas menti.

— Qu'est-ce qu'il dit? demanda mon père.

— Oh rien, papa, juste qu'il... qu'il t'aime. En gros. Il rajoute quelques trucs sans importance.

— Trafe, Bubo (Bien joué, Coco). Viens par là, écoute un peu. À la pause, Rocky m'a dit qu'il

Barracuda for ever

était malade. Il était malade et n'en avait plus que pour quelques semaines. Une saloperie qui le bouffait de l'intérieur. Un boxeur ne ment pas. Surtout Rocky. Je le connaissais bien et je voyais dans ses yeux qu'il disait la vérité. Il avait dedans la lueur triste de ceux qui vont raccrocher les gants. C'est là qu'il m'a demandé...

— ... de le laisser gagner. Il t'a demandé de terminer sur une victoire.

— Non... ça, c'était mon idée. Ma générosité naturelle. Il avait un petit garçon avec lui. Un tout petit, petit garçon. Une crevette. Je sais pas pourquoi sa mère n'était pas là. Tu sais, nous les boxeurs, on a des vies bizarres... Il m'a demandé de m'en occuper. De l'élever, de lui donner ses gants et d'en faire un vrai, un grand boxeur. D'en faire un champion en souvenir de lui, Rocky ; un champion qui accomplirait ce que lui n'avait pas eu le temps d'accomplir. Il était certain que le petit tenait de lui. Mais hélas, il se trompait. Et surtout, il m'a demandé de ne jamais lui dire qui était son père. Mais tu vois, je n'ai su tenir qu'une partie de ma promesse. J'ai raté tout le reste. Rocky va me passer un savon dans quelques heures.

— Mais non, tu n'as pas tout raté. Tu es l'empereur et ton règne ne s'arrêtera jamais.

— Eble vi rajtas. Eble mia malsukcesado estis precipe koni lin ververe. Mi tro stultis ! (Peut-être

Barracuda for ever

que tu as raison. Peut-être que ce que j'ai raté, surtout, c'est de le connaître vraiment. J'ai été trop bête!)

— Qu'est-ce qu'il dit? chuchota mon père.

— Oh rien... Que tu as été le meilleur des fils, papa. Et aussi...

D'un regard noyé, j'ai parcouru l'assistance suspendue à mes lèvres.

— Et aussi qu'il aimerait...

Le mot ne voulait pas sortir. Joséphine fermait les yeux. Impossible. Ma mère fit jaillir un dessin.

La plage. La dernière page.

*

Poursuivis par la directrice qui nous courait après dans les couloirs, nous passions devant les autres résidents qui étaient sortis pour saluer celui qui, pendant quelques semaines, avait ramené la vie dans leur vie. On tenait Napoléon sous les épaules, et des dizaines de mains essayaient de le toucher comme autrefois à la sortie du ring.

— Arrêtez! criait la directrice, arrêtez, c'est limite-limite, il y a des papiers à signer, des décharges à remplir, des autorisations à compléter. C'est pas du tout dans les normes.

Et là, mon père a lâché cette phrase historique:

Barracuda for ever

— Vous savez où vous pouvez vous les mettre, vos normes?

J'ai pensé que nous serions désormais au moins deux à surveiller l'empire. Napoléon émergea de son sommeil pour lui jeter un regard admiratif qui électrisa mon père. Vibrant de toute sa chair, il se retourna dans le couloir vers tous les résidents et hurla à pleins poumons :

— C'EST MON PÈRE !

Dans le bureau vitré, la directrice téléphonait.

*

La voiture puissante de mon père. Il règle le GPS de façon fébrile. Le trajet s'affiche. La voix électronique annonce :

— Foncez !

Et cette voix, je suis certain que c'est celle de Rocky.

Le moteur ronfle. Ma mère devant. Napoléon entre Joséphine et moi. Point à la ligne à nos pieds. Les sièges de cuir nous enveloppent.

— Papa, crie mon père, on a combien de temps ?

Il hurle de façon inhabituelle. Napoléon navigue entre conscience et inconscience. Il bafouille.

— Sais pas, mon vieux. Pas longtemps. Si t'as un permis à perdre, c'est aujourd'hui.

Barracuda for ever

C'est chose faite en moins de deux cents kilomètres. Flash, flash, flash sur l'autoroute. Douze points partis en fumée.

Je murmure à l'oreille de Napoléon :

— Tu vois comme t'es célèbre, ils peuvent pas s'empêcher de te photographier.

Je ne sais pas s'il m'entend. Joséphine ne parle pas. Elle se contente de serrer le gant de Napoléon en regardant le paysage qui défile, dehors. Son souffle fait un cercle de buée sur la vitre. La tête de Napoléon dodeline et vient se nicher dans le cou de Joséphine. Il ressemble à un enfant.

Mon père bifurque soudain vers une station-service. Essence. Il cherche son portefeuille, fouille toutes ses poches et finit par se rendre à l'évidence.

— Merde. Je l'ai oublié.

Il réfléchit pendant quelques secondes et reprend :

— Tant pis, bordel, je m'en fous, je remplis quand même.

Je l'accompagne à l'intérieur. Il explique. Fait de grands gestes désespérés. Son menton se crispe. Ses yeux se remplissent. Il a l'air d'un dément. Il faut déranger le responsable. Ça va prendre du temps. Trop de temps. Le ton monte. Il lui reste quelques pièces au fond d'une poche, les glisse dans une machine à café qui lui donne de la pisse de chat. Deux coups de tatane, et c'est le gros lot qui arrive : deux vigiles.

Barracuda for ever

— Alors, on fait des histoires? Mais dites donc, je vous connais, on s'est déjà croisés... Couille molle, vous vous souvenez? C'est une manie, chez vous, la machine à café!

Paf, paf, ça part tout seul. D'un direct du droit qui vient de loin, de très profond, des rives de l'Hudson, il allonge un vigile. Une couille molle à terre. La deuxième recule pendant que mon père regarde son poing comme s'il le voyait pour la première fois. Il me prend par la main. Nous reculons. Le vigile encore sur pied passe un message dans son appareil. Mieux vaut ne pas traîner dans les parages.

Le voyage continue. Désormais nous sommes hors la loi. La voiture n'est plus qu'un cri silencieux. Napoléon, une ombre. Il a juste la force de balbutier:

— Ton direct, tout à l'heure, dans la station, champion!

— Merci, papa! hurle mon père. Merci, pa-pa!

— Travaille simplement tes appuis.

Napoléon se tourne vers moi. Son effort est surhumain. Sa bouche s'ouvre et se ferme plusieurs fois avant de laisser passer un minuscule filet de voix:

— Coco, on reste en contact.

Je me dis que ce sont peut-être les derniers mots qu'il m'adressera. Je réponds:

— On reste en contact.

Barracuda for ever

Mon père ne parle plus. Le temps défile et nous sommes cinq papillons qu'attend le grand filet du péage.

En effet, trois véhicules de police barrent le passage. Mon père ralentit.

— Foutu, dit-il.

Napoléon va mourir devant une barrière de péage entre deux flics. Seul, peut-être, pendant qu'on nous embarquera. Mon père murmure :

— Papa, je m'excuse... J'aurais tant aimé te faire plaisir une dernière fois.

Il sort, essaie de s'expliquer, mais deux gendarmes le plaquent aussitôt contre le capot, bras tordu dans le dos. Puis un autre qui semble être leur chef s'approche de la voiture, en fait le tour. Ma mère ouvre la fenêtre.

— On va à la plage, dit-elle simplement.

— À la plage ? Vous vous moquez de moi ? Une plage bien ombragée, vous allez voir ; vous ne serez pas dérangés par le monde. Et pas besoin de crème solaire.

Son regard fouille l'habitacle, s'arrête sur le chandail dans lequel flotte Napoléon. Son visage se fige. Ses sourcils se froncent. Sans doute la directrice a-t-elle donné le signalement de son fugitif. Le gendarme reste hypnotisé par les deux gants de boxe.

— *Born to win*, murmure-t-il...

Nos regards se croisent.

Barracuda for ever

— Finale de 1951 contre Rocky? demande-t-il.

Je souris et réponds.

— 1952. Match truqué.

Puis il se retourne vers mon père toujours collé au capot et, d'une voix nette, lui demande :

— Combien de temps?

— On est dans les arrêts de jeux, répond mon père.

Trois minutes plus tard, les sirènes hurlent. Nous suivons deux motos qui filent à toute allure devant nous et qui nous ouvrent la route. La circulation s'arrête autour de nous, les voitures se rangent sur le bas-côté, les feux rouges redeviennent verts, les lampadaires s'inclinent respectueusement sur notre passage.

Napoléon ouvre les yeux. Il murmure :

— Victor Hugo peut s'aligner, hein?

Du GPS jaillit de nouveau la voix de Rocky :

— Vous êtes arrivés à destination. Fin du voyage.

Et après dix secondes de silence, il ajoute :

— Bonne chance.

*

La plage. Le soleil tombe dans la mer. Nous marchons vers l'eau en soutenant Napoléon par les épaules. Ses pieds traînent dans le sable.

Barracuda for ever

Il sourit. C'est seulement à ce sourire que nous comprenons qu'il est encore avec nous. Je n'ai plus envie de pleurer. Joséphine tient ses chaussures à la main.

Nous l'allongeons dans le sable, la tête sur les genoux de Joséphine. Point à la ligne se couche sur le flanc. Il n'y a plus qu'à attendre. Plus qu'à écouter les vagues. L'écume de la tendresse éclate sur le sable. À quelques mètres de nous, un barrage d'enfant est balayé en quelques secondes par les flots qui montent. Tout là-bas, deux amoureux se tenant par la main marchent et laissent leurs empreintes dans le sable. Napoléon a encore la force de murmurer :

— Estas bela loko por morti.

Ses mots se mélangent au bruit des vagues. Mon père hésite et demande :

— Qu'est-ce qu'il dit ?

Je réponds en souriant :

— Il dit que c'est un bel endroit pour mourir.

ÉPILOGUE

Quelques mois passèrent. L'année scolaire se termina et je quittai pour toujours l'école primaire.

Puis à la fin des vacances, ce fut le collège. Une autre vie commença alors pour moi.

Un des surveillants du collège animait toutes sortes de clubs, et certaines semaines il nous arrivait de le voir presque tous les jours. Il finit par s'intéresser à nos occupations en dehors du collège et, un jour, je lui confiai que j'avais commencé la boxe quelques mois auparavant.

— Mais je suis beaucoup moins doué que mon grand-père, précisai-je.

Tout en prononçant cette phrase, je me rendis compte que je ne savais pas trop si je parlais de Napoléon, de Rocky ou des deux.

Le surveillant me montra son arcade sourcilière barrée par une petite cicatrice.

— Tu vois ça?

— Oui.

Barracuda for ever

— Eh ben figure-toi que j'en ai connu un, de boxeur. Un seul, mais ça m'a suffi! L'année dernière, bon sang, j'en tremble encore. On avait pris avec des potes l'habitude d'aller faire les malins au bowling. Et un jour qu'on était un peu ronds, on a charrié un vieux type qui alignait des strikes d'enfer. Mais pas grand-chose, tu vois, des petites chatouilleries...

— Et alors? ai-je demandé.

— Et alors, justement, il n'aimait pas trop les chatouilles. On était dix et il nous a alignés les uns après les autres.

— Non?

— Si, je te jure. Attends, il avait dans les quatre-vingts balais au moins, et fin comme une crêpe. Les uns après les autres, je te dis, paf, paf, paf! On tombait comme des pipes au tir à la carabine. Tu m'écoutes? Oh! Oh! T'es toujours là?

J'entendais les quilles qui dégringolaient, l'assistance qui applaudissait. Napoléon saluait fièrement comme un grand artiste.

Et sous mes doigts, la bille d'Alexandre nous promettait l'éternité en partage.

Remerciements

J'exprime toute ma chaleureuse gratitude à Karine Hocine et à l'équipe des éditions Jean-Claude Lattès pour l'enthousiasme et la simplicité avec lesquels ce roman a été accueilli.

Je tiens également à remercier M. Axel Rousseau, éminent connaisseur de l'espéranto, qui a permis à mes personnages de parler cette belle langue.

CET OUVRAGE A ÉTÉ COMPOSÉ PAR PCA
POUR LE COMPTE DES ÉDITIONS J.-C. LATTÈS
17, RUE JACOB, 75006 PARIS
ET ACHEVÉ D'IMPRIMER EN FRANCE
PAR CPI FIRMIN-DIDOT
EN DÉCEMBRE 2016

N° d'édition : 01 – N° d'impression : 139048
Dépôt légal : janvier 2017
Imprimé en France

PAPIER À BASE DE FIBRES CERTIFIÉES

JC Lattès s'engage pour l'environnement en réduisant l'empreinte carbone de ses livres. Celle de cet exemplaire est de : 723 g éq. CO_2
Rendez-vous sur www.jclattes-durable.fr